KB018603

시베리아를
건너는 밤

시베리아를 건너는 밤

2020년 2월 10일 초판 1쇄 펴냄
2020년 7월 20일 초판 2쇄 펴냄

지은이 송종찬
펴낸이 신길순

펴낸곳 (주)도서출판 **삼인**
(03716) 서울시 서대문구 성산로 312 북산빌딩 1층
전화 02-322-1845
팩스 02-322-1846
이메일 saminbooks@naver.com
등록 1996. 9. 16. 제25100·2012·000046호

표지, 본문 디자인 끄레 디자인

ISBN 978-89-6436-172-6 03810

값 17,000원

시베리아를
건너는 밤

송종찬

삼인

작은 몸으로 채울 수 없고,

시로 노래할 수 없었던 광활한 대륙을 위해

산문의 발자국을 더해 본다.

다가서면 멀어지고 보면 볼수록 아득해지던 시베리아.

동서남북을 가로지르며 눈보라처럼 떠돌았건만

북국은 여전히 낯설기만 할 뿐, 누군가가 러시아에 대해 물어온다면

차라리 모른다고 대답하리라. 그리고 침묵할 것이다.

대륙의 밀실에 갇혀 지내던 네 해 동안 내가 보고 찾은 것은

무엇이었던가.

이 책이 '아름다움이 왜 세상을 구원하고,

사람은 무엇으로 사는가'에 대한

작은 목소리라도 들려줄 수 있는 대답이 된다면 더할 나위 없겠다.

아름다움이 세상을 구원한다

러시아로 떠나는 나를 향해 꼭 가야만 하느냐고 물었다. 가고 싶다고 했다. 누가 기다리고 있느냐며 그대는 다시 물었다. 아니라고 했다. 춥고 햇살 드문 곳에서 어떻게 지낼지 걱정스럽게 쳐다보았다. 그냥 견디어보겠다고 했다. 그곳은 아주 드넓어 길을 잃거나 어쩌면 돌아올 수 없을지 모른다고 했다. 그래도 가야만 한다고 말했다. 러시아에서 무엇을 찾을 것인지 그대는 마지막으로 물었다. 나는 끝내 아무 대답도 하지 못했다.

러시아로 떠나기로 결심한 뒤 많은 사람이 의아해했다. 편하게 살지, 무슨 벼슬을 하겠다고 어려운 일을 사서 하느냐는 반응이었다.

그도 그럴 것이 팔순의 노부모가 계시고, 직장에서도 승부를 걸어야 할 40대 중반에 훌쩍 떠나기로 했으니 무모한 도전이었을지 모른다. 무엇이 척박한 땅으로 나를 이끌었을까. 명색이 대학에서 러시아문학을 전공했지만 졸업 후 십수 년이 지나도록 러시아 땅을 밟지 못했다. 대학 시절만 해도 냉전이 지배하던 시절이라 불온하지 않고서는 감히 소련을 떠올릴 수 없었다. 1990년 수교 후 소련이 러시아로 바뀌면서 여행객이 많아졌지만 내 머릿속에는 그야말로 상상의 나라였던 셈이다.

러시아라는 단어를 까맣게 잊고 살다 우연치 않게 기회가 왔다. 첫 시집 발간으로 인연이 닿았던 실천문학사가 연해주에서 활동했던 조명희 시인의 시비를 세우는 데 동행을 요청했다. 블라디보스토크Vladivostok-이르쿠츠크Irukutsk-바이칼Baikal로 이어지는 일주일의 짧은 여정이었다. 십여 명의 사절단 중에는 소설가 박완서 선생님도 계셨다.

2005년 8월의 블라디보스토크는 우리나라 여름 못지않게 무더웠다. 시외버스 터미널 같은 비좁은 국제공항을 빠져 나왔을 때 첫눈에 들어온 것은 금발의 여인이었다. 동양인이 살고 있어야 할 땅에서 서양인들을 만날 수 있다는 것은 흥미로운 일이었다. 대체 슬라브인들은 언제 우랄산맥을 넘어 극동까지 차지했을까. 공항에서 블라디보스토크 시내까지 한 시간 남짓 승합차를 타고 달리는데 우리나라 중고차가 자주 보였다. 중고차는 '신촌여객', '제천운수', '예비군버스'라는 한글을 달고 꽃가루 속을 달리고 있었다. 버스 꽁무니에는 '사랑한다'란 낙서도 적혀 있고, 신촌여객 시내버스에는 행선지가 그대로 붙어 있었다.

회사에서 월급날만을 기다리며 살았는데 노동의 의미를 깨달은 곳이 바로 블라디보스토크였다. 동료들이 생산한 소재가 자동차가 되어 독립군이 말 달리던 연해주를 질주하는 모습을 보면서 새삼 나의 노동도 헛된 것이 아니었음을 느끼게 되었다. 비록 회사원이었지만 나라를 위해 나도 기여하고 있었다. 봉급쟁이는 결코 부끄러운 직업이 아니었다.

꿈에 그리던 러시아에서의 첫날밤이 흘러가고 있었다. 에어컨도 없는 방에서 쉬 잠이 올 리 없었다. 거리로 나가볼까 하다 가이드로부터 위험하다는 경고를 수차례 받았던 터라 밤새 뒤척이며 잠을 이루지 못했다. 창문 틈으로 기적 소리가 들려왔다. 나지막이 울리는 기차 바퀴 소리를 들으며 언젠가 기차를 타고 대륙을 횡단하겠다는 꿈을 꾸었다. 저 기차를 타고 가면 백석이 그리워하던 나타샤, 지바고가 사랑했던 라라를 만날 수 있지 않을까 생각하며 잠이 들었다.

이틀간의 블라디보스토크 일정을 마치고 이르쿠츠크행 야간 비행기에 몸을 실었다. 네 시간여를 날아 새벽 두 시에 공항에 도착했다. 다시 밤길을 달려 숲속 통나무집에서 고단한 몸을 뉘였다. 그야말로 통나무처럼 쓰러져 잠을 자다 새벽녘 창밖의 바스락거리는 소리에 잠을 깼다. 안가라Angara강 위로 동이 떠오르며 새벽 안개가 서서히 걷히기 시작했다. 창문을 여니 자작나무들이 통나무집을 에워싸고 있었다. 안개가 점점 강 끝으로 물러나면서 자작나무의 하얀 종아리가 드러났다. 간밤 자작나무들의 호위를 받으며 잠을 잔 것이다.

이르쿠츠크에서 바이칼로 이어지는 여정, 러시아와의 첫 만남은 짧았다. 바이칼호수를 뒤로하고 준비 없는 이별을 해야 했다. 시베리아 벌판에 흐드러지게 피어 있던 들꽃, 자작나무숲을 돌아가던 횡단열차, 바이칼호수의 파도 소리, 슬그머니 옆에 서서 사진을 찍고 싶던 소녀들, 안가라강 위로 퍼지던 성당의 종소리. 내가 본 것은 사람과 사물이 아니라 아름다움 그 자체였다. 아름다움이 세상을 구원할 것이라는 도스토예프스키의 말이 떠올랐다. 지금까지 사전에서 찾지 못하던 아름다움의 의미를 발견한 것 같았다.

러시아에 대한 동경은 꽤나 길었는데 첫 만남은 너무 짧았다. 가슴에 진한 아쉬움이 남았다. 바이칼호수를 떠나며 야생에서 피어난 붉은 양귀비꽃 한 송이를 책갈피 속에 넣어 왔다. 서울로 돌아와 책상 위에 횡단열차를 배경으로 찍은 사진과 자작나무 그림을 올려놓고 언젠가 다시 러시아로 가겠다는 소박한 꿈을 키웠다. 거친 야성과 그 속살에 감춰진 표현할 수 없는 애잔함. 만일 햇살이 사시사철 쏟아져 내리는 화려한 곳이었다면 러시아를 쉽게 잊고 말았을 것이다. 하지만 러시아를 생각하면 늘 가슴 한 쪽에 휑한 느낌이 들었다. 그 적막한 공간이 부르는 듯했다. 가지 말라고 남들이 말리던 시베리아 대륙으로 다시 돌아가 무엇을 찾았던가. 그곳에 사람은 살고 꽃은 피어 있던가. 기나긴 겨울은 두렵지 않았던가.

차례

겨울밤 눈은 내리고

겨울을 건너가는 법

러시아 전도

아나디르
베링해
캄차카 반도
마가단
야쿠츠크
사할린 섬
유즈노 사할린스크
바이칼 호수
츠크
블라디보스토크

가도

가도

끝이

없는

시베리아로 가는 길

시베리아로 갈 때는 집을 나서면서부터 걱정이 앞섰다. 대부분의 비행기가 야간에 출발해 좁은 공간에 갇혀 꼬박 날을 새워야 했기 때문이다. 주요 노선을 다녔던 퇴물 직전의 비행기가 지방으로 운항되는 경우가 많았다. 한때 러시아에서는 떨어질 때까지 비행기가 운항된다는 소문이 돌았다.

모스크바 3대 국제공항 중 하나인 도모데도보Domodedovo공항에서 사하공화국의 수도인 야쿠츠크Yakutsk로 가는 비행기를 기다렸다. 창밖에는 눈발이 날리는데 지방과 중앙아시아로 가는 승객들로 대합실은 북새통을 이뤘다. 트렁크에 기댄 채 졸고 있는 탑승객을 보았다. 문득 "산다는 것이 때론 술에 취한 듯, 한 광주리의 사과를 만지작거리며 귀향하는 기분으로 침묵해야 한다."는 곽재구의 「사평역에서」라는 시가 떠올랐다. 공간이 기차역에서 공항으로 바뀌었을 뿐 쓸쓸한 분위기는 다를 게 없었다.

야쿠츠크행 비행기가 한 시간 늦게 출발한다는 안내방송이 흘러나왔다. 으레 있는 일인 듯 불평하는 승객은 없었다. 왜 늦는지 그 누구도 묻지 않았다. 비슈케크Bishkek, 두샨베Dushanbe, 타슈켄트Tashkent로 떠나는 사람들은 대부분 노동자였다. 그들은 중앙아시아에서 받는 월급의 서너 배를 벌 수 있어 언어 장벽이 없는 모스크바Moscow로 들어와 막노동을 했다. 어둠 속에 드러난 밭고랑 같은 이마에는 노동의 흔적들이 남아 있었다. 비행기표 값이 싼 편이 아닌데 몇 년 만에 고향으로 가는 것일까, 불법 단속이 심한데 모스크바로 다시 돌아올 수 있을까 하는 걱정이 들었다.

비행기에서 자볼 요량으로 탑승 전에 러시아 맥주인 발치카 500cc를 마셨는데 오히려 정신이 맑아졌다. 시베리아까지 일곱 시간을 가야 했다. 좁은 이코노미 좌석에서 할 수 있는 일은 없었다. 몇 번의 시행착오 끝에 비행기에서 잠이 오지 않을 때는 억지로 눈을 감는 대신 글을 쓰기로 했다. 마음을 바꿔 먹으니 어찌할 수 없는 비행기 공간은 생산성 높은 도서관이 되었다. 옆 좌석의 러시아 승객이 저녁도 먹지 않고 깊은 잠에 빠져들었다. 승무원에게 차 한 잔을 시켜놓고 독서등을 켰다.

창문의 덮개를 열고 밖을 내려다보아도 몇 시간째 칠흑 같은 어둠이 이어졌다. 불빛 하나 보이지 않았다. 좌석 앞에 놓인 모니터를 보니 비행기는 노보시비르스크Novosibirsk, 톰스크Tomsk, 옴스크Omsk를 지나 시베리아 한복판을 지나가고 있었다. 시베리아, 단어만 떠올려도 한기가 느껴졌다. 녹차 한 잔을 다시 시켜 마신 후 창밖을 보니 끊어질 듯한 불빛이 보였다. 나도 모르게 '아, 시베리아, 시베리아'가 탄식처럼 새나왔다. 대체 한겨울 타이가Taiga지대를 떠나지 못한 채 불을 밝히고 있는 사람은 누구일까. 눈보라 속에서 사람이 살 수 있을까.

회사를 그만두면 시베리아로 들어가겠다는 생각을 자주 했었다. 6개월 동안은 눈에 파묻혀 절대 고독을 느껴보고 싶었다. 그리고 6개월 동안은 키 큰 선인장이 서 있는 사막으로 들어가 따가운 햇살 아래서 지내보고 싶었다. 선과 악, 냉정과 열정, 절망과 희망, 서로 다른 극단에서 바닥까지 내려가 삶의 의미를 건져보겠다는 막연한 생각을 했었다.

시베리아의 심장부인 엘가탄전으로 가는 길은 멀고 험했다. 밤을 꼬박 새우고 야쿠츠크에서 내려 사하공화국의 두 번째 도시인 네륜그리Neryungri로 가는 비행기를 갈아탔다. 사하공화국에 들어서자 사람의 풍경이 달라졌다. 사각형의 얼굴을 가진 몽골계 사이로 듬성듬성 백인이 보였다. 7만 명의 주민이 살고 있는 네륜그리 공항은 평평한 땅 위에 활주로만 놓인 공간이었다. 양철지붕을 인 대합실에는 작은 매표소와 검색대가 있을 뿐 도무지 공항이라는 생각이 들지 않았다. 러시아에서 비행기는 버스 같은 대중교통 수단에 불과했다. 비행기가 아니면 접근할 수 없기 때문이다.

네륜그리 공항의 간이의자에서 한 시간여를 기다린 뒤 다시 헬기를 타고 시베리아로 향했다. 찾아가는 곳은 새롭게 개발되는 엘가탄전지대였다. 노쇠해 보이는 헬기가 굉음을 일으키며 북쪽으로 향했다. 발 아래는 타이가지대의 수목이 촘촘히 서 있고 그 사이로 사행천이 눈에 덮여 이어졌다. 두어 시간째 길도 집도 찾아볼 수 없었다. 시베리아의 주인은 바람이라는 것을 흔들리는 나무들이 말해 주고 있었다. 너무 추워서인지 활엽수인 자작나무와 침엽수인 전나무가 서로를 뜨겁게 보듬고 있었다.

세 시간여를 북쪽으로 날아간 뒤 헬기가 내려 앉았다. 이제 막 개

발을 시작한 인간의 발길이 닿지 않는 탄전지대였다. 통나무 오두막에서 허스키 한 마리가 연신 더운 입김을 뿜어내며 짖어댔다. 얼마나 사람이 그리웠던지 개 짖는 소리가 앞산을 쩌렁쩌렁 울렸다. 어젯밤 비행기에서 보았던 희미한 불빛이 이 간이막사에서 새어 나왔던 것일까. 막사 안에는 장총이 걸려 있고, 곰의 가죽으로 벽면이 장식되어 있었다.

막사를 지키는 초로에 접어든 안드레이가 차를 끓여왔다. 그에게 물었다. "혼자서 외롭지 않으세요?" "돈 벌어야 해, 가족을 위해." "겨울에는 얼마나 춥나요?" "가장 추웠을 때가 영하 63도. 밤새 시동을 걸어놓지 않으면 차가 얼어 움직이지 않아. 그래도 막사는 따

시베리아의 겨울 벌판

뜻해, 석탄이 지천으로 깔려 있으니."

안드레이는 다음 해 5월 눈이 녹을 때까지 핸드폰도 터지지 않는 곳에서 꼼짝없이 갇혀 지내야 했다. 눈을 녹여 밥을 짓고, 짐승들의 울부짖는 소리를 들으며 겨울밤을 나야 했다. 시베리아는 정말 추운 곳일까? 아이러니하게도 차가운 동토에는 고생대의 이글거리는 석탄이 잠들어 있었다. 죽으란 법은 없는 것인지 신은 가장 추운 곳에 가장 많은 화석연료를 숨겨놓은 것이다. 사람의 발길이 닿지 않은 토고호수가 눈에 덮여 보이지 않았다. 눈 앞의 설경이 당신도 시베리아처럼 외로웠던 적이 있었는지, 당신도 시베리아처럼 따스한 심장을 가지고 있는지 묻고 있었다.

시베리아 토고호수의 여름

야간비행

모스크바서 야쿠츠크까지
시베리아 벌판을 건넌다
서너 시간 만에 처음 본 불빛
탄부 떠나간 석탄지대에
한 사내만 남아
간이막사를 지키는
시베리안 허스키 한 마리
폭폭하게 내리는 눈발 속
사람의 발자국 소리 들리는지
귀를 빳빳이 세우고 있겠다

안가라강에 울리던 기적 소리

자신의 모든 것을 걸 수 있다는 점에서 사랑과 혁명은 비슷하다. 사랑을 모르는 자는 진정한 혁명가가 될 수 없고, 사랑이 없는 혁명은 정의롭지 못하다.

1980년대 민주화운동은 특별한 이의 전유물이 아니라 시대의 공유된 코드였다. 입학도 하기 전에 선배들이 술집에서 사회구성체, 변증법 등 현란한 사회과학 용어를 쓰며 정의를 이야기할 때 솔깃하지 않을 수 없었다. 신입생 시절에는 무서울 게 없는 때라 사랑과 혁명은 함께 왔다. 입시로 억눌렸던 사랑의 감정이 혁명이란 단어 앞에서 꽃망울을 터뜨리곤 했다. 실제로 데모를 하다가 남자친구가 감방에 들어가면 여학생도 함께 들어가는 경우가 종종 있었다. 운동권 여학생을 좋아해 법전을 버리고 거리로 나가 돌을 던지던 친구도 있었다. 사랑을 위해 혁명의 길로 나서고, 혁명을 위해 사랑을 선택하기도 했다.

레닌과 크룹스카야(출처-SPUTNIK)

러시아에 와서 사랑과 혁명은 기차의 선로처럼 나란히 간다는 걸 다시 알았다. 혁명가 하면 가장 먼저 떠오르는 사람이 레닌이다. 바늘로 찔러도 피 한 방울 나올 것 같지 않은 레닌에게 두 여인이 있었다. 레닌은 전제정치에 저항하다 교수형을 받은 형 알렉산드르를 보면서 본격적으로 혁명의 길로 나섰다. 레닌은 마르크스주의를 받아들이던 초기, 야학선생이었던 크룹스카야를 운명처럼 만났다. 두 사람은 전제정치의 그림자가 짙게 드리운 네바Neva강가의 골목길을 옮겨 다니며 사랑과 혁명을 키워나갔다. 레닌이 반체제 혐의로 체포되어 동시베리아의 예니세이Enisei로 유형의 길을 떠날 때 크룹스카야도 함께 가서 유형생활을 했다. 한 치 앞도 내다볼 수 없는 운명 앞에서 결혼까지 했지만 레닌에게 그 사랑이 전부는 아니었다.

5년간의 시베리아 유형에서 돌아와 프랑스 망명 중 레닌은 이네사라는 새로운 여인을 만난다. 그녀는 프랑스 태생으로 다섯 아이의 어머니였지만, 레닌에 끌려 이루어질 수 없는 사랑에 빠진다. 두 사람은 혁명의 동지이자 연인이었다. 두 사람은 사랑을 통해 혁명에 가닿았고, 혁명을 함께하며 사랑의 불씨를 키워 나갔다. 1918년 암살사건으로 레닌이 사경을 헤매고 있었을 때 병상으로 불렀던 사람은 부인이 아니라 연인이었다. 목숨까지 걸고 유형의 길을 자처했는데 아내인 크룹스카야는 얼마나 절망하였을까. 나는 여자가 아니라서 절망의 강도를 모르겠다. 세상에 사랑만큼 허망한 약속은 없다. 하지만 사람들은 사랑의 맹세를 깨지지 않는 다이아몬드처럼 받아들일 때가 많다. 어쩌면 사랑의 맹세는 가장 깨지기 쉬운 유리잔 같아서 '사랑해? 사랑해?'라고 묻고 또 묻는지 모른다.

이네사(출처-SPUTNIK)

시베리아 유형지의 한 곳인 이르쿠츠크는 혁명과 사랑의 도시이다. 아니 사랑과 혁명의 도시로 불러도 좋다. 이곳에서는 나무 한 그루, 구름 한 자락도 시적이다. 카메라 감독이 되어 사랑과 이별의 장면을 촬영한다면 주저없이 이르쿠츠크를 선택하고 싶다. 그 이유는 바이칼Baikal호를 끼고 있어 풍광이 아름답고, 혁명가의 눈물과 사랑의 흔적이 올올이 배어 있기 때문이다.

1812년 6월 나폴레옹이 러시아를 침략했으나 대패하고 엘바Elba 섬에 유배된다. 프랑스와의 전쟁은 러시아에 많은 변화를 가져왔는데, 그중 하나가 자유주의 물결의 유입이다. 1825년 12월 황제 니콜라이 1세의 즉위식이 열리던 날 전도유망한 청년들이 전제정치 청산을 위해 거사를 준비했으나 무위로 끝나고 말았다. 젊은 귀족들은 하루 아침에 반란자가 되었다. 러시아에서 최초로 혁명을 시도했던 이들을 데카브리스트(Декабрист), 즉 '12월 당원'이라고 불렀다. 쇠사슬에 묶인 채 마차에 실려간 곳이 바로 이르쿠츠크였다. 유형자의 대부분은 신혼생활의 단꿈에 젖어 있던 이십 대 초반의 청년들이었다. 신혼부부의 이별은 길지 않았다. 12월 당원의 부인들은 차르에 충성하는 조건으로 귀족 신분을 유지할 수 있었지만, 모든 걸 내던지고 남편을 따라 반역의 길로 나섰다. 사랑이라고 말하기에는 너무나 가혹한 세월이었다. 한 번도 해본 적이 없는 자갈밭을 일궈 농사를 짓고, 시베리아의 밤 기운을 이기기 위해 통나무집을 지어야 했다. 시베리아 유형지는 벽 없는 감옥이나 마찬가지다. 모든 걸 내려놓고 동토 위에 뿌리를 내리든지 스스로 죽음을 선택하든지 둘 중의 하나다. 고향으로 돌아갈 수 없었던 그들은 생존을 넘어 문화의 꽃을 피웠다. 농사를 짓는 틈틈이 시를 짓고 그림을 그렸다. 이르쿠츠크에는 데카브리스트의 한 사람이었던 발콘스키가 살았던 집이 박물관으로 개조되어 남아 있는데 그곳에는 그들이 읽던 책과 악기들이 전시되어 있었다. 실제로 발콘스키는 톨스토이의 소설 『전쟁과 평화』의 모델이었다. 귀족의 딸이었던 아내 마리아는 남편을 따라 시베리아 유형을 자처했었다.

이르쿠츠크를 방문할 때마다 안가라 강변을 걸었다. 바이칼호수로 336개의 강물이 흘러드는 데 비해 호수에서 빠져나가는 강물은 안가라강이 유일했다. 데카브리스트들은 바이칼을 빠져나오는 안가라강처럼 자유롭게 흘러가고 싶었을 것이다. 강물 위에 종이 편지를 띄워놓고 5천 킬로미터 밖 고향을 그리워했을 것이다. 그들이 꿈꾸던 세상은 귀족도 농노도 없는 차별이 없는 세상이었다. 비록 혁명에는 실패했지만 데카브리스트들의 꿈은 사라진 것이 아니라면 훗날 10월혁명의 불씨가 되었다. 그들의 사랑은 실패한 것이 아니라 음악이 되고 시가 되었다.

강 너머에서 석양빛을 받으며 모스크바로 떠나는 기차가 서서히 움직이기 시작했다. 등 뒤에서 성당의 종소리가 울렸다. 권력을 위해서가 아니라 오로지 더 나은 세상을 위해 기득권을 포기했던 젊은 청년들. 세상의 영화를 뒤로 한 채 사랑을 찾아 나섰던 여인들. 언젠가 선배 한 분이 물은 적이 있었다. 밥이 먼저일까, 사랑이 먼저일까? 나는 배고픔의 극한까지 가보지 못했고, 죽을 만큼 사랑해 보지 못해 잘 모르겠다고 말하며 물음에서 비껴갔다. 사랑은 혁명을 낳고 혁명은 사랑을 완성한다. 두려움에 떨던 나는 혁명도 사랑도 이루지 못했던 것 같다.

이르쿠츠크 성당

안가라강에 기적이 울릴 때

가라 가라 손짓하여도
뒤돌아서지 않는 자작나무처럼
가라 가라 눈짓하여도
맨발로 뒤따라오는 안가라 강물처럼
혁명이 별것이라더냐
손 흔드는 그대 얼굴 차마 바라보지 못하고
목숨이 타들어가는 것
구름 속을 나는 새의 부리에 노을을 찍어
붉은 잉크로 쓴다 반란이여
백야의 숲 너머
어머니의 강 끝으로 밥 짓는 연기 몰려가고
불 꺼진 창가에 깃드는 들꽃들의 망명
가라 가라 손짓하여도
끝끝내 발자국을 지우며 따라오는
시베리아의 눈발처럼
가라 가라 눈짓하여도
먼 기적 소리로 들려오는
살얼음 어는 그대 심장의 고동처럼

신의
눈물방울 같은

바이칼호수를 빼놓고 러시아를 말할 수 없을 것이다. 지구 담수의 약 20퍼센트를 차지하고 있는 세계에서 가장 크고 오래된 호수. 지금이야 직항을 타고 몽골 상공을 거쳐 반나절에 갈 수 있지만 처음으로 방문했던 2005년만 하더라도 블라디보스토크를 거쳐서 가야 했다.

일행들은 이르쿠츠크역에서 횡단열차를 타고 호수에서 제일 가까운 슬류잔카Slyudyanka역까지 이동하기로 했다. 전날의 과음으로 피곤했을 텐데 모두 어린아이처럼 들떠 있었다. 한민족의 시원이 서린 성소라는 말을 들어서인지 성지순례를 가는 기분이었다. 절경을 품고 있지도 않은 호수가 왜 이방인의 마음을 설레게 했을까. 그 이유는 바이칼에서는 한 번도 보지 못한 우주의 고요와 때묻지 않은 순수를 찾을 수 있다는 기대 때문이었던 것 같다.

울란우데Ulan-ude, 치타Chita까지 가는 횡단열차에는 중국과 북한 노동자가 있었다. 그들은 벌목공이었다. 노동력이 부족한 러시아는 시베리아 목재를 베기 위해 인근의 북한과 중국의 노동력을 빌려 쓰고 있었다. 러시아가 두려워하는 것 중의 하나가 중국인의 유입이었다. 중국인들이 시베리아에 숨어들 경우 찾을 길이 없었다. 슬류잔카역에서 정차한 기차를 배경으로 사진을 찍은 후 역사를 빠져나와 5분여를 걷자 바이칼 호수가 눈 앞에 펼쳐졌다. 유리 가가린이 인류 최초로 우주를 여행하면서 '지구는 푸른빛이다.'라고 외쳤었는데, 바이칼도 푸른빛이었다. '지구의 푸른 눈동자'라는 수식어가 어색하지 않았다. 구름 한 점 없는 호수 하늘이 펼쳐지고 있었다.

일행 중 몇몇 사내는 창피한 줄도 모르고 팬티 바람으로 풍덩 물속에 뛰어 들었다. 하얀 쌍방울 팬티가 물결 위에 선명하게 반사되었다. 나도 바지를 걷고 물속으로 들어갔다가 이내 옷을 벗어 던지고 세례를 받듯 잠수를 했다. 바이칼과의 인연은 첫 키스만큼이나 강렬했지만 짧았다. 섬 한가운데 샤먼의 전통이 살아 있는 알혼

Olkhon섬까지는 가보지 못했다. 모스크바에서 생활하면서도 멀리 떨어져 있는 바이칼이 늘 궁금했다. 지인들이 안부 전화를 할 때마다 바이칼을 같이 가자고 제안했다. 동료들과 함께 서너 차례 바이칼을 방문했지만 호수 가운데 있는 알혼섬은 발길을 허락하지 않고 있었다.

그러던 차에 우연치 않게 알혼섬을 방문할 기회가 찾아왔다. 본사로부터 상사 한 분이 바이칼을 방문한다는 기별이 왔다. 화려한 계절이 지나가고 그에게도 겨울은 어김없이 다가오고 있었다. 아마도 무거운 짐을 내려놓고 아무도 없는 곳에서 위로 받고 싶었을 것이다. 시간이 많이 걸리는 육로 대신 헬기로 이동하기로 했다.

아침부터 짙은 안개비가 뿌렸다. 샤먼의 성소로 알려진 알혼섬은 쉽게 이방인의 발걸음을 허락하지 않았다. 구름이 낮게 깔리고 9월 초인데도 전날 25도까지 올랐던 기온이 3도까지 떨어졌다. 관제탑의 이륙 허가를 기다렸지만 좀처럼 허가가 나지 않았다. 바이칼을 아예 못 볼지 몰라 한 시간 정도 차를 몰아 바이칼의 끝자락인 리스트비얀카Listvyanka로 갔다. 길가에는 자작나무와 소나무가 일렬종대로 사열하듯 서 있었다. 운전기사에게 시베리아 나무들은 왜 키가 엇비슷한지 물어보았다. 기사는 엷은 웃음을 지어 보이며 얼어 죽지 않기 위해 서로 키를 맞춰 살아간다고 설명했다. 누가 전정가위를 들이댄 것도 아닐 텐데 한 치의 오차도 없이 나무들은 어깨를 맞춰 서 있었다.

리스트비얀카는 안가라 강물이 시작되는 지점의 마을이었다. 바이칼에서 빠져나온 안가라강은 시베리아 북부의 예니세이강과 합류해 북극해까지 흘러갔다. 강의 초입에 샤먼 바위가 있고, 강 건너편으로 바이칼을 끼고 도는 환바이칼 철도와 간이역이 눈에 들어왔다.

선상에서 바이칼 생선인 오물(Омуль 연어의 일종)을 안주 삼아 보드카를 마시고 있는데 날이 개면서 비행 허가가 떨어졌다. 서둘러 헬기장으로 갔다. 러시아 부호의 한 사람인 데리파스카 회장이 우정의 표시로 자신의 전용 헬기를 내주었다. 하늘에서 본 바이칼은 기대한 만큼 아름다웠을까. 육지에서 볼 때와 마찬가지로 바이칼 호수는 평범했다. 강의 표정이 다양할 리 없고, 깊은 강물 속을 들여다볼 수도 없었다. 보드카 때문인지 일행들이 잠시 창밖을 보다가 졸고 있는데 서울에서 온 한 사람만이 잠들지 못한 채 호수를 내려다보고 있었다. 아마도 호수가 아닌 지나간 날들을 들여다보고 있을지도 모른다는 생각을 했다.

진주빛 바이칼호 위를 날아 한 시간쯤 갔을 때 낮은 구릉과 초목 지대가 어우러진 알혼섬이 나왔다. 구릉 아래서 야생화들이 흔들리고 있었다. 알혼섬에서 하룻밤 자고 나면 들풀의 영향으로 두통이 사라진다고 했다. 조랑말들이 풀을 뜯고 있는 초지를 가로질러 샤먼의 발상지인 부르한Burkhan 바위로 갔다. 브랴트인이 촛불을 밝혀놓고 밤새워 기도를 올리는 곳이다. 문명과 떨어진 섬에서 신을 섬기는 노래와 춤 그리고 제의는 일종의 놀이였다. 그들은 죽은 자를 섬기지 않고 사자와 함께 살고 있었다. 부르한 바위에 올라 바라본 바이칼은 바다였다. 브랴트Buryat인들은 바이칼을 호수가 아니라 모레(Mope) 즉, 바다로 불렀다. 바위 아래서는 파도가 세차게 치고 있었다. 누천년 씻기고 다듬어진 조약돌 하나를 주워 슬그머니 주머니 속에 넣었다. 오색 천이 휘감긴 신목神木 앞에 서서 소원을 빈 후 주머니 속 조약돌을 만져보니 싸늘히 식어 있었다. 갑자기 두려운 마음이 들었다. 조약돌은 바이칼이 낳고 기른 자식인데, 집에 가져다 놓으면 부정을 탈지 모른다는 두려움에 내려놓을 수밖에 없었다. 잠시 잠깐 바이칼은 내려놓는 곳이라는 것을 잊고 있었다. 바이칼에서는 사랑도 절망도 내려놓아야 하는데 나는 무언가를 찾고 구하려 했었다.

돌아오는 헬기 안에서 바이칼을 다시 내려다보았다. 호수가 거대한

신의 눈물처럼 느껴졌다. 어쩌면 눈에 보이는 호수는 내가 찾고 있던 바이칼이 아닐지도 모른다는 생각이 들었다. 바이칼은 정령의 숲에나 존재하는 전설의 호수일 뿐, 나는 바이칼을 보지 못했을 수도 있었다. 아름다운 풍경을 보고 싶은 이는 바이칼에 가서는 안 된다. 사랑을 구하려는 이는 바이칼에 가면 안 된다. 내가 본 바이칼은 유정이 아니라 무정이었다.

바이칼호 알혼섬

시베리아의 들꽃

누가 사랑을 물어온다면
시베리아로 가 반란처럼 피어난
엉겅퀴 한 송이 보여주리

벌판에 열 달 내내 눈 쌓이고
자작나무 숲에 안개가 덮여도
원색의 야생화는 피어난다

유형의 길을 가던 님 따르다
눈밭에 나뒹굴던 여인처럼
길가에 맨발로 피어난 들꽃

여름은 짧고 길은 어두워도
그대에게 가야만 하는 길
사랑은 들꽃처럼 붉어지고

누가 사랑을 물어온다면
그냥 시베리아로 달려가
엉겅퀴 한 송이 물들여주리

네바강의 달빛

모스크바에서 상트페테르부르크Saint-Peterburg로 가는 방법은 다양했다. 비행기, 승용차, 배, 기차 등 모든 교통수단을 이용할 수 있었다. 상트를 만나러 가기 위해 야간열차를 이용하기로 했다. 모스크바에서 비행기로 한 시간 반이면 갈 수 있는 거리지만 굳이 고생을 사서 한 이유는 톨스토이의 소설 『안나 카레니나』를 떠올렸기 때문이다. 상트에 사는 유부녀인 안나는 모스크바에 왔다가 귀족 장교 브론스키를 만나 사랑에 빠지는데, 사랑의 시작부터 죽음에 이르는 과정이 기차를 오브제로 전개된다.

모스크바와 상트페테르부르크는 멀고도 가까운 연인의 도시다. 상

가도 가도 끝이 없는

상트페테르부르크 전경

트는 제정러시아의 수도로 200년 동안 영화를 누리다가 1917년 혁명 후 그 지위를 모스크바로 넘겨주었다. 모스크바의 분위기가 남성적이라면 상트의 분위기는 여성적이다. 러시아의 위대한 예술가나 혁명가는 두 도시를 오가며 사상과 예술을 꽃피웠다. 두 도시의 공간적 거리는 그리움의 거리였다. 인텔리겐치아들은 멀리 상트에 있는 애인을 그리며 시를 쓰거나 모스크바의 동지를 생각하며 혁명의 '찌라시'를 만들었다.

소설 『안나 카레니나』에는 안나의 사진이나 삽화가 들어 있지 않다. 하지만 언제부터인지 안나는 러시아인의 가슴 속에 가장 사랑스럽고 아름다운 여인의 화신으로 자리잡았다. 트레치야코프 갤러리에 걸린 〈아주 낯선 여인〉이라는 크람스코이의 작품이 소설 속 안나를 표현했다고 한다. 흰 수술이 달린 검은 샤프카(양털이나 여우털로 만든 러시아 고유 모자)를 쓰고 도도하게 마차를 타고 가는 그녀. 남부러울 것 없는 고위관료의 부인이자 한 아이의 어머니이기도 한 안나는 왜 불가능한 사랑에 매달렸을까. 안나의 사랑은 불륜이었지만 러시아인은 이 여인에게 돌을 던지거나 손가락질하지 않았다.

모스크바에서 밤 11시에 출발하는 기차를 타고 어둠 속을 달렸다. 오전 6시, 기차에서 내린 후 어디로 가야할지 발길을 정하기가 어려웠다. 들러야 할 곳, 보아야 할 것이 그만큼 많았기 때문이다. 도시를 가로지르는 넵스키대로와 카잔성당, 이삭성당, 예수부활성당, 그리고 러시아미술관과 세계 3대 박물관의 하나인 에르미타주Hermitage에 이르기까지 도시 전체가 박물관이나 다름없었다. 상트는 1년에 3백만 명이 넘는 관광객이 다녀갈 정도로 유럽을 대표하는 관광도시다. 하지만 적당히 낭만을 찾는 사람에게는 상트가 아니라 차라리 체코의 프라하나 오스트리아의 비엔나를 권하고 싶다. 상트는 상처의 도시이자 죽음의 도시이며, 죽음 위에서 부활한 도시이기 때문이다.

표트르 대제는 유럽에서 가장 아름다운 도시를 건설하려고 수많은 노동자를 동원해 인공도시를 세웠다. 그 첫 번째 건축물이 늪지대 위에 세워진 페트로파블로프스크Petropavlovskaya 요새다. 아침나절 요새는 한적했다. 금빛 성상과 제단, 성화가 그려진 사원 내부에는 로마노프시대의 왕들이 안치되어 있었다. 표트르 대제부터 니콜라이 2세까지 차르시대의 왕들은 죽어서도 영화를 누리고 있었다. 성당을 빠져 나와 성벽 쪽으로 다가가니 지하감옥이 나왔다. 지하감옥은 주로 정치범을 가두던 곳으로 도스토예프스키, 막심 고리키, 트로츠키를 비롯한 수많은 지식인들이 차르에 저항하다 옥살이를 했다. 감방 문 옆에 죄명과 수감기간이 기록된 안내문을 읽어가는데 스물한 살 꽃다운 나이에 요절한 청년의 사진이 눈에 들어왔다.

레닌의 형 알렉산드르 일리치 레닌이었다. 차르 전복 모임을 주도한 혐의로 교수형에 처해졌다는 짧은 설명이 기록되어 있었다. 한창 감수성이 예민한 레닌의 나이 열일곱 살 때였으니, 형의 죽음은 그의 가슴에 큰 상처를 남겼을 것이다. 역사에는 가정이 없지만, 만약 알렉산드르의 죽음이 없었다면 레닌이 주도한 사회주의혁명이나 소련시대는 열리지 않았을지 모른다. 누가 사랑하는 이의 죽음 앞에서 혁명가가 되지 않을 수 있었겠는가.

요새 감옥에서 나오니 네바강이 보였다. 네바강 너머로 겨울궁전이 화려하게 펼쳐지고, 그 주변으로 첨탑과 십자가들이 빛났다. 감옥에 갇힌 정치범들은 언제 죽음이 닥쳐올지 모르는 초조함 속에서 작은 돌 틈으로 네바강 건너의 불빛을 바라보며 자유를 꿈꾸었을 게다. 페트로파블로프스크 요새에는 죽인 자와 죽은 자, 화려한 희망과 깊은 절망이 공존했다.

우울한 요새를 뒤로 하고 제정러시아의 군주들이 살았던 겨울궁전으로 갔다. 다섯 개로 구성된 에르미타주 박물관의 일부이기도 한 겨울궁전은 화려함의 극치였다. 이태리로부터 수입한 대리석, 황금과 보석으로 치장된 왕좌, 빛나는 샹들리에, 유명 작가의 컬렉션 등 지상의 보물이 가득 찬 판도라의 상자였다. 화려한 보물이 눈에 들어오지 않았다. 아름답기는 하나 감동이 없었다. 멀리 작가의 고향을 떠나온 작품은 말을 걸어오지 않았다. 빛나는 조형물은 여기가 내 자리가 아니라는 듯 모두 돌아앉아 있었다.

겨울궁전의 작은 창문으로 석양이 들어왔다. 빛이 들어오는 쪽으로 고개를 돌리니 드넓은 광장이 보였다. 1905년 1월 9일 노동자들은 성상과 황제의 초상화를 들고 평화행진을 벌였다. 황제 니콜라이 2세는 나처럼 커튼 사이로 노동자들의 시위를 내려다보았을

혁명의 피가 흐르던 겨울궁전 광장

것이다. 노동자들이 주장한 것은 거창한 요구가 아니라 최소한의 생존권을 보장해 달라는 간절한 청원이었다. 노동자에게 빵 대신 돌아온 것은 총과 칼이었다. 아버지 황제의 은총이 아니라 가혹한 처형이었다. 피의 일요일 사건 후 12년이 지난 1917년 노동자가 중심이 된 2월혁명으로 차르시대는 막을 내렸다. 그리고 1917년 10월 겨울궁전에 또 한 번의 포성이 울렸다. 네바강에 정박한 순양함 오로라호에서 혁명을 알리는 공포를 쏘았다. 레닌이 이끄는 볼셰비키 대원들이 겨울궁전에 숨어 있던 임시각료들을 축출함으로써 러시아혁명이 완성되었다.

상트에서의 첫날 밤, 쉽게 잠을 이룰 수 없었다. 차르에 의해 죽임을 당한 노동자와 농민들, 볼셰비키에 의해 무참하게 죽임을 당한 니콜라이 황제의 다섯 자녀들, 나치에게 871일 동안 포위당한 채 굶어 죽던 시민들, 그들의 원혼이 네바강 주변에서 떠도는 듯했다. 네바강은 지척에서 출렁이고, 달빛이 창가에 내려앉아 늦가을의 쓸쓸함을 더했다. 전쟁과 혁명의 피가 서린 페테르부르크에 만약 안나 카레니나의 사랑마저 없었다면 이 도시는 얼마나 삭막했을까. 부활의 도시 상트, 사랑은 죽음보다 강하고, 진정한 사랑에는 불륜은 없을 것만 같았다.

혹한, 새벽은

스탈린 주택의 성에 낀 유리창에
백열등이 하나 둘 켜지기 시작할 때
녹슨 트램이 눈발을 헤치며
간이정거장으로 서서히 다가올 때
영하 삼십도 혹한의 새벽녘
눈을 뜨매 목이 메여와
아직 목숨이 붙어 있는지
종아리를 꼬집어보게 될 때
종탑 주변을 넘어온 햇살이
얼어붙은 강에 노른자처럼 번질 때
1905년 혁명의 거리를
피처럼 적셔 흐르는
에티오피아 커피 향 너머로
당신의 맥박이 그리워질 때

심심해서
그리운 알타이

알타이Altai는 안개에 갇힌 산자락처럼 몽환적인 단어다. 선계도 속계도 아닌 신비를 간직한 느낌이 든다. 우리에게 알타이는 매우 익숙하다. 한국어가 알타이어족에 속한다는 말을 자주 들어왔기 때문이다. 대사관에 근무하는 선배가 머리도 식힐 겸 알타이에 가자고 제안했다. 알타이 지방이 궁금하던 차에 샤먼을 취재하던 원로 기자 K씨가 합류를 결정하면서 알타이행은 급물살을 탔다.

모스크바에서 동쪽으로 약 3,700킬로미터. 알타이주의 수도 바르나울Barnaul까지 비행기로 이동한 뒤 고르노알타이Gornoaltai까지 다시 육로로 가야 했다. 바르나울에서 고르노알타이로 가는 길은 예상과는 달리 깔끔하게 포장되어 있었다. 승용차로 달리는 세 시간여 동안 정치와 역사를 넘나들며 열띤 토론이 이어졌다. 나랏일에 평생을 바쳐온 고급 관료와 비판의식이 강한 대기자의 동행은 편치 않았다. 사사건건 불꽃 튀는 논쟁이 이어졌고 아슬아슬한 고비를 넘을 때마다 내가 끼어들어 화제를 바꾸어 나가야만 했다.

"러시아어 배우기가 어때요?" 대기자가 물었다. "주재원들이 배우다가 대개 삼 개월 만에 만세를 부르고 말죠. 원어민과 함께 살지 않으면 죽었다 깨어나도 정복할 수 없다고 해요."

러시아어 문법은 성, 수, 격이 있어 라틴어만큼이나 복잡하다. 신기한 것은 동서간의 길이가 1만여 킬로미터인데도 러시아어에 방언이나 사투리가 없다는 점이다. 사할린 섬과 모스크바 출신 직원을 앉혀놓고 대화를 시켜보았는데 언어 차이가 없었다. 작은 국토 안에서 지역마다 말이 조금씩 다른 우리에 비해 언어가 통일되어 있었다. 러시아 언어학자에게 그 이유를 물어봐도 뚜렷한 답을 하지 못했다. 아마도 70여 년의 사회주의 체제의 영향으로 언어가 통일되었을 것이라는 추측을 해보았다.

고르노알타이에 다가서자 산 능선이 이어졌다. 구릉을 따라서 사슴들이 이동하고 있었다. 폭우가 지나간 뒤 뭉게구름이 언덕까지 내려와 있고 나무들은 푸르름을 더했다. 초원 한가운데 드문드문 서 있는 나무들이 쉬어 가라고 손짓하는 듯했다. 알타이의 생명체는 정지 화면 속의 피사체처럼 속도가 없었다. 호수에 비친 잎새마저 흔들림이 없었다. 오랜만에 정지된 구름을 보았다. 삶의 가속 페달을 밟으며 살아왔는데 정지된 공간 속에 놓이자 브레이크 페달을 밟을 것처럼 몸이 일순 기우뚱거렸다. 신유목시대, 나는 휴대폰의 진동과 떨림에 의지한 채 살고 있지 않는가. 있는 그대로의 모습, 알타이의 초원은 자연스러웠다. 꽃잎 끝에 빗방울이 맺혀 있고, 빗방울에 산이 들어와 앉아 있었다. 빗방울을 제대로 감상하는 데도 며칠은 걸릴 것만 같았다. 초원 한가운데 서 있는 나무에 기대어 사랑했던 여인을 떠올려보거나 가슴 속 추억들을 한 장 한 장 인화하고 싶었다.

러시아 국민차인 라다를 타고 지나가는 길은 카메라만 들이대면 그림이 될 듯했다. 스위스 산악지대가 사람이 산을 깎고 다듬어 만든 자연이라면 알타이는 자연이 만든 자연이었다. 알타이로부터 3백 킬로미터를 더 남쪽으로 가면 몽골이 나오고 북쪽으로 가면 카자흐스탄이 나온다. 국경이 없던 시절 몽골족과 알타이족, 튀르크족들은 양 떼들을 몰고 산맥을 넘나들며 서로 맞담배를 피웠으리라.

알타이산맥 나지막한 언덕 아래 사슴목장을 찾았다. 해가 뉘엿거리기 시작하자 스무 마리의 사슴들이 무리를 지어 일사분란하게 언덕에서 내려오고 있었다. 마치 말을 탄 기병대처럼 대열과 발을 맞춰 달리고 있었다. 어디로 가느냐고 주인에게 물었더니 물을 마시러 사슴들이 계곡으로 내려가는 중이라고 했다. 스무 마리 중에는 리더로 보이는 녀석이 있었는데 사슴들은 리더의 통솔에 따라 움직였다. 사람이나 사슴이나 무리를 짓는 데는 별 차이가 없어 보였다.

목장에서 관광객들이 사슴고기를 맛있게 먹고 있었다. 경험이 없는 나는 마른 빵만 뜯어야 했다. 러시아인은 사슴을 식용으로 먹고 뿔은 버린다. 러시아인은 열이 많아 보약을 먹지 않는다. 언젠가 출장자가 홍삼을 선물하자 러시아인이 매우 당황하는 모습을 보였다. 멀쩡한 사람에게 건강보조식품을 선물하는 것은 결례였다. 보드카로 얼얼해진 몸을 녹이려고 사우나를 찾았다. 사슴의 뿔을 끓여 만든 약탕이었다. 흰 가운을 입은 나제즈다가 들어와 심장에 청진기를 가져다 댔다. 이어 나무통 속으로 옷을 벗고 들어가라고 했다. 주어진 시간은 이십 분, 물 밖으로 고개만 내민 채 목욕을 즐기고 있는데 순박한 알타이 처녀가 다시 들어와 '나르말리나(Нормально 괜찮냐)'라고 물었다. 나는 '하라쇼(Хорошо 좋다)'라고 대답했다. 수면 아래 나는 알몸인데 나를 바라보고 있는 그녀가 불경스럽게 느껴지지 않았다. 나는 짧은 말을 건넸다.

"모스크바에 가본 적이 있어요?" "아뇨, 알타이에서만 살았는데요." "가보고 싶지 않아요?"

그녀는 미소를 지을 뿐 대답하지 않았다. 혼자라면 그냥 알타이에서 사슴처럼 지내면 좋겠다고 생각했다.

사우나 밖으로 나오니 해는 이미 지고 어둠이 내려앉았다. 목이 말

알타이 사슴농장

랐다. 60루블에 알타이산 우유를 샀다. 청정지대에서 풀을 먹고 자란 소들이 자아낸 우유는 고소하고 부드러웠다. 우유는 내가 마시는데 몸이 보드라운 우유 속에 잠기는 듯했다. 산의 능선이 어둠 속에 완전히 잠겨 보이지 않았다. 먼 산의 사슴 떼도 어디서 잠자는지 보이지 않았다. 뭇별들이 능선 위로 떠올라 어둠을 밝혔다. 모든 것은 지나가고 흘러가는데 알타이는 그 자리 그대로였다. 시간의 궤적을 찾을 수 없었다.

신과 인간을 이어주던 샤먼은 어디에 있을까. 꿈과 현실을 이어주던 샤먼은 어디에 있을까. 다음날 아침 가게에 들러 샤먼을 물어도 알타이 주민들은 모른다고 했다. 아마도 산을 넘고 계곡을 건너 사람이 들기 힘든 곳으로 이동했을 것이다. 샤먼을 찾겠다는 계획을 취소하기로 했다. 그냥 나무처럼 꼿꼿이 서서 사슴들이 능선을 타고 내려오는 모습을 더 보기로 했다. 가슴 속에 흔들리지 않는 풍경 하나를 만들어놓는다면 새가 날아들고 들꽃이 흐드러지게 피어나리라.

샤먼의 제당

알타이의 일몰

타이가

눈꽃송이들
어깨동무를 하고
우랄산맥을 넘어서자
가없는 들판

가도 가도 전나무
가도 가도 자작나무

늑대의 울음 속
조금만 더 가면
눈의 고향인데

어느 짧은 봄날
발이 닳고 닳아
쓰러진 지점에 피어날
들꽃송이들

흑해의 숨결 같은 파도

크림Krym자치주의 수도인 심페로폴Simferopol공항에 내리자 자동으로 로밍신호가 들어왔다. 2014년 러시아와의 합병으로 별도의 입국심사 없이 방문할 수 있게 되었지만 핸드폰은 크림반도가 우크라이나 영토임을 말해 주고 있었다. 공항 입구에 '러시아는 항상 크림을 생각한다'는 푸틴의 얼굴이 들어간 광고판이 걸려 있었다. 현금을 찾기 위해 ATM에 카드를 넣었으나 러시아에서 발행된 시티카드를 받아들이지 않았다.

거리로 나가 택시를 잡아탔다. 반도의 내륙에 있는 심페로폴로부터 남서쪽의 군사도시 세바스토폴Sevastopol까지는 82킬로미터를 가야 했다. 현대 엘란트라를 운전하는 기사는 타타르계라고 자신을 소개했다. 크림반도에는 러시아계 60퍼센트, 우크라이나계 25퍼센트, 타타르계가 15퍼센트 정도 살고 있다. 길가에 우뚝 솟은 모스크를 보면서 기사에게 종교를 물었다. 무슬림이라고 했다. 어쩌면 물어볼 필요가 없는 질문이었다. 라디오에서는 타슈켄트Tashkent나 비슈케크Bishkek에서 들었던 빠른 템포의 음악이 반복적으로 흘러나왔기 때문이다.

"기사님, 국적이 어디에요?" "크림사람입니다. 우크라이나도 러시아도 아닌… 러시아인이 되면 먹고 살기 나아질 줄 알았는데, 물가만 미친 듯 올라가고 있으니……."

그는 답답한 듯 한숨을 내쉬었다. 동부지역에서는 우크라이나와 러시아 간의 전투가 치열하게 전개되고 있었다. 하루하루 생계를 이어가는 크림자치주 사람에게 국적은 중요한 요소가 아닌 듯했다. 크림반도를 가로질러 달리며 대륙 끝에 매달려 있는 한반도를 떠올렸다. 반도가 지닌 슬픈 운명 때문이었다. 언젠가 술자리에서 몇몇 지인에게 얄궂은 질문을 던진 적이 있었다. 대한민국을 미국의 51번째 주로 편입시키는 것을 걸고 국민투표를 한다면 결과가 어떻게 나올 것인가가 내가 던진 질문이었다. 유감스럽게도 찬성 확

률이 높을 것이라는 대답이 많았다. 글로벌시대에 국가와 민족보다 실리를 택하는 사람이 많을 것이라는 의견이 다수였다.

러시아 흑해함대사령부가 있는 세바스토폴에 도착하자 저녁놀이 물들기 시작했다. 일찍이 그리스 문명이 꽃피었던 것으로 보아 크림은 살기 좋은 터였다. 역사가 거듭되면서 세바스토폴은 삶의 터전이 아니라 전장으로 변해갔다. 크림반도는 지중해로 나아가는 관문이자 대륙으로 들어오는 길목이었다. 로마와 몽골, 오스만의 지배, 크림전쟁, 제2차 세계대전, 러시아와 우크라이나 전쟁에 이르

리바디야궁전(얄타회담 장소)

기까지 빼앗고 빼앗기는 역사가 이어졌다. 내륙으로 움푹 들어간 바다는 삶과 죽음을 가르는 전장이었다.

회색 군함의 갑판 위에서 수병들이 분주하게 움직이고 있었다. 땅거미가 서서히 내리기 시작하자 함포를 세운 군함이 뱃고동을 세 번 울리며 흑해를 향해 물살을 가르며 나아갔다. 군함은 낡았지만 속도는 매우 빨랐다. 그들은 야간 초계근무를 위해 흑해와 지중해로 나아가고 있었다. 크림전쟁에서 죽은 수병의 영혼을 달래기 위해 세워진 독수리상 주변에 포말이 부서졌다. 3년여에 걸친 크림전쟁 당시 연합군과 러시아군을 합쳐 백만 명 이상의 사상자가 났다. 피의 바다였고 시신의 골짜기였다. 죽음의 계곡에서 꽃들은 피를 먹고 진한 색으로 피어났다. 영국의 간호사 나이팅게일이 활약한 곳도 머나먼 크림반도였다. 병사의 마지막 죽음을 거두는 그녀의 손길은 종교적이었다. 죽음 앞에서 아군도 적군도 없었다. 기념탑 주위를 어지럽게 돌고 있는 갈매기 부리 위에 노을이 불타오르기 시작했다. 해수욕과 낚시를 즐기던 시민들은 돌아갈 채비를 서둘렀다. 석양이 내리는 세바스토폴은 한없이 고요했다. 파도는 낮았고 갈매기는 울지 않았다.

석양을 등지고 세바스토폴에서 다시 얄타Yalta로 이동했다. 얄타까지는 84킬로미터, 차창을 열자 아이페트리Aipetry산에서 야생의 내음이 밀려 들어왔다. 저녁놀이 바다 속으로 잠기기 직전 차에서 내리지 않을 수 없었다. 흑해, 발음만 해도 혀 끝에 어둠이 닿을 것 같았다. 그 어두운 바다에 마지막 빛이 퍼지고 있었다. 흑해의 끝에서 떨어지는 태양은 다시 오지 않을 것처럼 뒷모습을 보이지 않았다. 석양이 지자 흑해는 이름 그대로 암흑의 바다로 변했다. 집어등을 단 어선이나 상선이 보이지 않았다. 절벽 아래 갯마을에서 희미하게 등불이 켜지기 시작했다. 달포쯤 절벽 아래 스며들어 파도의 언어를 적고 싶다는 생각이 들었다. 세바스토폴에서 얄타로 가는 중간 지점, 언젠가는 다시 돌아오리라 다짐하며 다시 차에 올랐다.

광활한 러시아를 돌아다녔지만 얄타만큼 산과 바다가 어우러진 곳은 없었다. 아이페트리산은 높으나 우악스럽지 않았다. 흑해는 어머니의 자궁처럼 귀소본능을 자극했다. 얄타는 러시아 황제들의 휴양지로도 유명했다. 1861년 농노해방이 있던 해에 알렉산더 2세가 산 중턱에 궁전을 건설했다. 1945년 리바디아Livadia 궁전에서 열린 미·영·소 강대국들의 정상회담은 우리에게 분단의 불씨를 제공한 역사적인 사건이기도 했다. 관광객이 궁전을 배경으로 사진을 찍고 있었지만 나는 즐길 수 없었다.

ПРАВДА

Конференция руководителей трёх союзных держав—
Советского Союза, Соединённых Штатов Америки
и Великобритании в Крыму

Разгром Германии

Декларация об освобождённой

알타 회담을 다룬 〈프라우다〉지(1945. 2. 13)

1945년 2월 13일 화요일자 〈프라우다〉지에 실린 스탈린, 루즈벨트, 처칠의 사진. 망토를 걸친 루즈벨트는 병색이 짙었다. 군복을 입은 스탈린은 미소를 짓고 있는데 대양을 건너온 루즈벨트는 지친 기색이 역력했다. 죽음을 목전에 두고 회담이 정상적으로 진행되기 어려웠을 것이다. 루즈벨트는 병이 깊어 2주간을 더 리바디아궁전에서 머물렀고, 미국으로 돌아간 후 두 달여 만에 사망했다. 한반도 문제는 정상회담 의제에 없었던 것으로 보아 한 나라의 운명이 세 사람의 가벼운 티타임에서 결정되었다고 해도 무방할 것 같았다. 역사는 필연처럼 보이지만 우연의 연속이다. 잘못 든 길이 지도를 만든다. 우리 삶에서 계획대로 된 것이 과연 몇 퍼센트나 되겠는가.

크림반도는 상처의 역사를 안고 있었지만 아름다웠다. 세계적인 와이너리인 마산드라Massandra 지하동굴에서 숙성되고 있던 와인은 병사들이 흘린 피처럼 진했다. 하루치의 양식을 가지고 집으로 돌아가는 여인의 몸에서는 풀내음이 났다. 크림은 아프지만 평화로웠다. 산과 바다는 서로 다정하게 말을 주고받았다. 아이페트리산에서 불어오던 바람, 흑해로 돌아들던 해풍, 죽음의 문턱을 넘어온 크림인의 낮은 목소리, 그것은 내가 잊고 살았던 숨결이었다. 대륙과 해양이 만나고 전쟁과 평화가 공존하는 곳, 크림은 그리움의 끝이자 이별의 시작이기도 했다.

세바스토폴에 있는 자침한 함정을 위한 추모비

대륙의 밀실에서

나는 이 겨울
한 송이의 붉은 장미를 사기 위해
밥을 굶어야겠다

집시처럼 떠도는 크림의 여인을 위해
월급을 탕진하고

속죄인 양 쏟아지는 눈발 위에
뜨거운 코피를 쏟아야겠다

나는 이 겨울
폭설의 희미한 가로등 불빛 아래
낮은 의자라도 되어야겠다

대륙을 건너가는 철새들을 위해
밤새도록 책을 읽어주고

이 겨울 도무지
끝날 것 같지 않는 겨울밤들을 위해
어둠이라도 되어야겠다

혁명이란 무엇인가

레닌의 목에 굵은 밧줄이 걸리자 일제히 함성이 터져 나왔다. 크레인이 레닌을 허공 높이 끌어올렸다가 바닥으로 내팽개치자 해머를 든 군중들이 몰려들었다. 성난 군중의 손에 레닌의 코와 귀가 잘려 나갔다. 왼 손에 맥주병을 든 사내는 방송 카메라를 보면서 손가락으로 쓰러진 레닌 동상을 가리켰다. 레닌의 머리통은 눈밭 위에 처참히 나뒹굴었고 돌아서는 군중의 그림자 사이로 한 시대는 저물고 있었다.

1991년 소련이 해체될 무렵 텔레비전을 통해 볼 수 있던 장면이다. 우크라이나, 폴란드, 체코, 핀란드, 발트3국, 심지어 몽골에 이르기까지 레닌의 신화는 무너지고 있었다. 백성을 미혹하고 자신을 왕이라고 칭했다는 죄목으로 십자가에 못 박히던 예수처럼 레닌은 공산주의의 수괴로 두 번 죽임을 당하고 있었다. 노동자가 주인이 되는 세상, 서로 다른 민족이 형제처럼 하나로 어우러지는 세상, 남녀의 차별이 없는 세상을 만들고자 했던 그의 죄는 무엇이었을까.

시베리아의 유배에서 풀려난 뒤 스위스, 프랑스, 폴란드 등을 떠돌며 볼셰비키 혁명을 준비하던 레닌은 1917년 4월 독일이 제공한 봉인열차를 타고 조용히 러시아로 돌아왔다. 2월혁명으로 차르는

붉은광장 레닌무덤

사라졌지만 카렌스키 임시정부는 비전을 제시하지 못한 상태였다. 레닌은 더 이상 지체할 수 없다고 생각했다. 10월 25일 네바강에 정박중인 순양함 오로라호에서 혁명을 알리는 공포탄이 울렸다. 겨울궁전을 지키던 임시정부의 군대들은 저항 한번 하지 못하고 흩어졌다. 비로소 볼셰비키들이 모든 권력을 장악하게 되면서 세계 최초의 공산주의 국가가 탄생하는 순간이었다.

혁명이란 무엇인가. 정치란 무엇인가. 그것은 빵을 달라는 원초적 질문에 대한 해답이다. 굶주린 백성들은 레닌의 연설을 듣기 위해 수백 리 길을 걸어왔다. 머리에 붕대를 감은 사람, 다리를 저는 사람, 헤진 옷을 겨우 걸친 사람들이 그의 주변으로 몰려들었다. 허공에 흩어지던 레닌의 연설을 들으며 노동자들은 처음으로 따스함을 느꼈다. 공산주의는 종교였고, 레닌은 도탄에 빠진 민중들을 구원해 줄 예수였다. 하지만 레닌의 사상은 이상이었을 뿐 이루어지지 못했다. 마르크스는 자본주의가 발달한 뒤 사회주의가 온다고 했는데, 러시아에는 나누어줄 빵이 없었고 생산기반마저 부족한 농업국가에 불과했다.

러시아를 방문하기 전까지는 레닌의 흔적을 찾아보기 어려울 것으로 생각했다. 예상은 빗나갔다. 레닌을 만나는 것은 어렵지 않았다.

크렘린Kremlin으로 가는 길목에도 지방정부의 행정청사 앞에도 당당하게 레닌은 서 있었다. 그의 눈은 깊었고 이마는 도드라졌으며 입은 단호했다. 블라디보스토크, 이르쿠츠크, 카잔Kazan, 첼랴빈스크Chelyabinsk, 알타이 등 방문하는 도시마다 레닌은 민중을 향해 연설하거나 민중과 함께 진군하는 모습으로 서 있었다.

공산주의는 이미 수명을 다했는데 레닌은 왜 러시아에서 지워지지 않고 있을까. 레닌이 공산주의를 공부하며 혁명의 꿈을 키우던 도시 카잔을 가보았다. 그는 볼가Volga강 유역의 울리야놉스크Ul′yanovsk에서 어린 시절을 보낸 후, 대학 진학을 위해 고향에서 약 2백여 킬로미터 떨어진 카잔으로 거처를 옮겼다.

타타르스탄공화국의 수도 카잔은 이슬람 문화가 살아 있는 신비스러운 도시다. 카잔의 크렘린 안으로 들어서자 모스크와 정교성당이 동시에 눈에 들어왔다. 사람이 사람을 간섭하지 않고, 종교가 종교를 간섭하지 않는 곳, 크렘린은 평화로웠다. 코란을 읽는 소리와 성가가 푸른 하늘 속에서 공존했다. 카잔에는 신만 존재할 뿐 예수도 마호메트도 없었다.

언덕 위의 크렘린을 나오자 7월의 열기가 후끈 올라왔다. 남쪽으로 굽이쳐 흘러가는 카마강을 내려다보면서 레닌이 공부한 카잔대학교로 가는 택시를 탔다. 정문 앞에서 택시를 내리자 레닌 동상이 보였다. 성년이 아닌 학창 시절의 동상이었다. 학교 안으로 들어서자 독일에서 여행 온 학생들이 교정을 돌아다니며 사진을 찍고 있었다. 그들은 공산주의를 공부하는 스터디그룹이라고 자신을 소개했다. 레닌의 흔적을 찾아 여행 중이었다. 적어도 유럽인에게 공산주의는 불온한 대상이 아니라 연구의 대상이 되고 있었다. 방학이어서 교정은 조용했다. 벤치에 다정히 앉아 있는 노부부에게 다가갔다. 할머니는 나에게 어디에서 왔는지, 러시아가 마음에 드는지 물었다. 노부부는 인텔리겐치아였다. 할머니는 자신이 공산당원이었다는 것을 자랑스럽게 얘기했다.

"공산당원은 아무나 되는 게 아니야. 리더십, 도덕성, 지식 등 엄격한 심사를 거쳐 통과한 사람만이 당원 자격을 가질 수 있지. 마흔 명 정도 되는 우리 반에서 공산당원은 딱 두 명이었어. 내가 공부도 잘했고 리더십도 있었지."

로켓 회사에서 일하셨다는 할아버지에게 소련과 러시아 중 어느 체제가 더 좋은지를 물었다.

"소련 시절에는 자유가 없고 물자가 부족했지만 내일을 걱정하지 않았어. 출신성분에 관계없이 모두가 이웃이고 따바리쉬(Товарищ 동지)였지. 빵 한 조각이 있어도 서로 나누어 먹을 줄 알았어. 근데, 지금은 걱정이 더 많아. 편한 게 편한 게 아니야. 가진 것이 많아도 내일을 알 수 없으니 걱정은 더 많아졌어. 내 고민은 손녀딸 아이가 대학을 졸업하고 결혼해 잘 살 수 있을까 하는 것이야."

농노가 있던 차르 시대가 저물고 모두가 주인이 되는 소련 시대가 왔었다. 하지만 다 함께 잘 살 수 있다는 소련 시대의 공산주의는 이루어질 수 없는 이상에 불과했다. 배고픈 소련 시대도 가고 자본이 지배하는 러시아 시대가 왔다. 이제 아침마다 빵을 사기 위해 줄을 서지 않아도 된다. 하지만 사람의 얼굴에는 보이지 않는 불안이 자리하고 있었다. 나는 손녀를 걱정하는 할아버지의 마음을 이해할 수 있었다. 손녀가 졸업해도 취직하기 어렵고, 취직을 해도 적은 봉급으로 생활을 꾸려나가기 힘들다는 것을 잘 알고 있었기 때문이다. 소련 시절에는 학비, 의료비, 주거비 걱정은 안 하고 살았는데, 돈이 없으면 병원도 학교도 가지 못한다. 살아남기 위해서는 무한경쟁을 해야 한다. 이웃은 경쟁자가 되었고, 자본은 어느새 새로운 신앙이 되고 말았다.

한국에 돌아오고 나서도 지워지지 않는 것 중의 하나는 레닌의 얼굴이었다. 레닌은 동네마다 인간의 얼굴로 서 있었다. 두 여인을 사랑하고, 반역의 죄목으로 처형당한 형 때문에 혁명의 길로 나선 혁명가. 인류는 과연 진보하고 있는가? 인간의 소외는 줄어들고 있는가? 자본주의는 완벽한 사회체제인가? 소련의 옛 영토에 레닌은 물음처럼 서서 동시대인에게 묻고 있는 듯했다.

레닌 동상

카잔 시내 전경

CCCP 바르

외투 깃에 쌓인 눈을 털며 들어설 것 같은
먼 눈발을 헤치며 달려온 백발의 투사가
쓰러질 듯 지하계단으로 내려설 것 같은

동지도 가족도 모두 떠나버린 고향
낫과 망치가 그려진 혁명의 문장 아래 침묵이 쌓이고
담배연기 빠져나가지 못하는 CCCP 바르

마른 흑빵 조각에 소금을 뿌려놓고
유리잔의 보드카를 오래 바라볼 것 같은
기차의 굉음에 눈동자 흔들리지 않을 것 같은

실금 간 유리창 아래 먼지 쌓인 성경책
온 들이 폭설에 점령되어 있을 때
지하 선술집에서 새어 나오는 성냥 불빛

떠나지 않는 여행

연말연시가 되면 모스크바는 진공상태에 빠져든다. 약 열흘간의 연휴를 맞아 대부분의 사람이 고향으로 돌아가거나 휴가를 떠나기 때문이다. 인터넷을 검색하다가 저가 항공권을 발견했다. 러시아의 서단 칼리닌그라드Kaliningrad를 8천 루블에 왕복할 수 있는 표였다. 150달러 정도에 가보기 힘든 지역을 여행할 수 있는 기회를 잡은 셈이었다.

칼리닌그라드는 폴란드와 리투아니아 사이에 육지의 섬처럼 떨어져 있는 도시다. 2차대전이 끝난 후 러시아는 발틱함대가 있는 이 도시를 독일에 반환하지 않았다. 프로이센공국의 수도였던 곳, 쾨니히스베르크Königsberg로 불리며 북부독일의 문화가 꽃피던 곳, 러시아 본토와 멀리 떨어진 도시의 풍경이 늘 궁금했었다.

실시간 기상예보를 보니 기온이 영하 21도까지 떨어진다고 나왔다. 갈까 말까 망설였다. 구들장에 누워서 책이나 읽을걸 하는 후회가 밀려왔다. 항공사에 전화를 해보니 저가 티켓이라 환불 불가라고 했다. 이왕 표를 샀는데 버릴 수는 없어 훌쩍 떠나기로 했다. 몇 달 전 카잔성당 앞에서 먹이를 찾기 위해 눈밭에 빗살무늬 발자국을 남기던 새를 보았다. 우아하게 하늘을 날아가는 새도 먹이를 구하기 위해서는 발품을 팔 수밖에 없다. 춥더라도 길을 나서면 무엇인가 얻어걸리는 것이 있으리라고 스스로를 위안했다.

아에로플로트 오전 7시 비행기, 뒷좌석 30A에 앉자마자 깊은 잠에 빠져들고 말았다. 착륙을 알리는 방송에서 바깥 기온은 영하 20도이고 날씨는 맑다는 안내가 흘러나왔다. 공항으로 들어서는데 군복을 입은 사람이 듬성듬성 보였다. 1990년대 말까지 이방인의 방문이 허락되지 않은 이곳이 군사도시임을 짐작하게 했다. 소총을 든 군인 두 명이 다가와 방문 목적을 물었다. 여권과 명함을 보여주면서 비즈니스를 하러 왔다고 설명했다. 3년짜리 비자는 소득이 많은 직장인에게만 발급되는데 신분을 증명하는 데 매우 유용하게 쓰였다.

공항을 빠져 나와 얀덱스 택시를 불렀다. 이곳에서 얀덱스는 한국의 카카오 택시보다 먼저 온라인 서비스를 개시했다. 얀덱스 택시가 있기 전에는 길거리에서 지나가는 승용차를 잡아타고 택시비를 흥정했다. 도요타 하이브리드카를 몰고 있는 택시기사 니콜라이는 순박한 사람이었다. 기사에게 아무것도 모르니 어디든 가자고 했다. 그는 두말할 필요가 없다는 듯 춤추는 숲인 쿠르시스카야 코사(Куршская коса, 크로니안 모래톱)로 차를 몰았다. 그곳은 발틱 해안가에 위치한 유네스코 지정 공원으로 사구와 소나무숲, 해변이 어우러진 명소였다. 왼편으로는 사구를 넘어 파도 소리가 들리고, 오른편으로는 소나무숲 사이로 아침 해가 반짝이고 있었다.

인적 없는 숲길을 이십여 분 달리다 차에서 내려 발틱Baltic해를 바라보며 깊게 숨을 들이마셨다. 바다를 건너온 영하 20도의 공기는 냉장고에서 막 꺼낸 20도 소주의 느낌이었다. 다시 차에 올라 숲길을 달려 나무줄기들이 원형을 그리며 하늘로 올라가는 '춤추는 숲'에 들렀고, 가장 높은 사구에 올라 바다를 보았다. 중무장하지 않아 발끝이 시려왔다. 입가에서는 연신 입김이 새어 나왔지만 멀리 떠오르는 해를 보는 순간 잘 왔다는 생각이 들었다.

멋진 장면만을 생각한다면 인터넷에서 사진을 찾아보면 된다. 풍경은 살아 있고 움직인다. 어제의 풍경과 오늘의 풍경이 다르고, 나의 풍경과 너의 풍경이 다르다. 풍경은 바라봄의 대상이 아니라 교감의 상대이다. 새벽 바다의 파도 소리와 마른 숲 향기, 그리고 추위와 허기 속에서 온몸으로 쿠르시스카야 코사를 받아들였다.

30여 분 달렸던 숲길을 되돌아 나오며 기사에게 모스크바에 가본 적이 있느냐고 물었다. 그는 1990년에 가본 것이 처음이자 마지막이라고 했다. 이유가 뭐냐고 물었다. 칼리닌그라드에서 베를린 6백 킬로미터, 바르샤바 4백 킬로미터, 모스크바까지 2천 킬로미터인데, 다른 나라 수도를 가는 것이 더 편하다고 했다. 적어도 그에게 모스크바는 베를린과 바르샤바보다 심리적으로나 지리적으로 훨씬 먼 곳이었다.

지도의 국경선은 칼리닌그라드가 러시아의 영토임을 나타내고 있지만 독일인의 흔적들은 지워지지 않았다. 시내에 들어서자 독일식 붉은 벽돌집이 눈에 자주 띄었다. 뒤셀도르프에서 마셨던 맥주의 맛, 건물의 머릿돌이나 벽에 써 있는 움라우트가 들어간 독일어, 빨간 지붕, 가톨릭 십자가, 칼리닌그라드 골목에는 러시아가 아닌 독일 중세의 피가 흐르고 있었다.

칸트의 무덤이 있는 쾨니히스베르크 대성당

시내 중심에 있는 쾨니히스베르크 대성당에 들렀다. 1333년 지어진 곳으로 2차대전 당시 폭격으로 처참하게 무너져 내렸지만, 원형 그대로 복원해 독일 성당의 위용을 자랑하고 있었다. 성당으로 들어가는 길에 석관 하나를 발견했다. 기사가 말했던 임마누엘 칸트의 무덤이었다. 칸트는 쾨니히스베르크에서 태어나 100마일 밖으로 나가지 않고, 이 도시에서 죽었다. 성당 옆으로는 칸트가 매일 5시에 거닐었다는 강변이 있었다.

나는 철학을 잘 알지는 못한다. 사람이 무엇을 알아야 하고, 무엇을 해야 한다는 것을 정리한 칸트의 순수이성비판과 실천이성비판은 높은 정신의 첨탑이다. 칸트가 산책하던 강변을 거닐며 정신의 가치를 생각해 보았다. 평생 독신으로 살면서 사고를 조탁해 나갔던 그는 어느 순간 죽음을 넘어선 것은 아닐까. 칸트의 사상이 깊은 이유는 밖에서 진리를 찾지 않고 내면에서 찾았기 때문이다. 그는 진리를 찾아 천하를 주유하지 않았다. 여행을 한다고 반드시 깊은 사상이 나오지 않는다. 경험이 많다고 위대한 사상이 나오는 것도 아니다. 어쩌면 인간 내면의 세계는 눈에 보이는 세계보다 훨씬 더 경이롭고 아름다운지 모른다. 나는 얼마나 자주 내면 속으로 여행을 떠났었던가.

사색에 잠긴 칸트(칸트박물관)

칸트는 독일어로 생각하고 독일어로 책을 썼다. 하지만 박물관에 소장된 그의 소품과 작품은 러시아어로 설명되어 있었다. 독일인은 위대한 철학자의 무덤을 독일로 옮기고 싶었을 게다. 생전에 칸트는 한 번도 고향을 떠나지 않았는데, 무덤이 옮겨진다면 천상의 그가 과연 좋아할까.

러시아정교는 그레고리력이 아니라 율리우스력을 따르기에 크리스마스가 12월 25일보다 13일 늦은 1월 7일이다. 가톨릭인 쾨니히스베르크 대성당은 정적에 휩싸여 있는데, 정교인 구세주성당에서 크리스마스이브를 알리는 종소리가 요란하게 울렸다. 위대한 철학자의 시공을 초월한 철학이 녹슨 이성을 울리고 지나가는 듯했다.

일요일의 평화

정차한 기차 유리창에 맺힌 빗방울
내전을 등지고 밤길을 도망쳐 나온 소녀의
가시철조망에 걸린 눈망울 같은

일요일 오전 일곱 시
이름없는 국경역에 보슬비 내린다
군복 입은 여군은 패스포트를 검사하고

김이 피어나는 맥심커피 한 모금에
두고 온 당신의 꿈자리가 궁금해지기도 하는
정차한 마음을 두드리는 빗방울

평원의 해바라기

겨울 안개는 몽환적이다. 선계와 색계의 경계를 지워버린다. 설원 위에 눈의 입자보다 가는 안개가 뒤덮였다. 간밤 숙취로 한숨도 못 자 머릿속이 잿빛인데 안개마저 남쪽으로 빠르게 흘렀다. 안개등에다 비상등까지 켜고 시속 40킬로미터로 달렸다. 점멸하는 신호등 불빛만이 여기가 지상이라는 것을 알려주고 있었다. 우크라이나와는 인연이 깊지 않았다. 뒷골목에서 밤새워 술을 마신 적도 순박한 이들의 옷깃을 스친 적도 없었다. 그런데 첼로의 저음처럼 키예프 Kiev의 풍경이 마음을 뒤흔들었다.

꿈속을 달리듯 안개를 헤치며 가다가 답답한 마음에 차에서 내렸다. 진한 블랙커피가 생각났으나 휴게소는 보이지 않았다. 한 시간여를 안개만 보고 달려왔던 탓일까. 몸에 쌓인 독이 빠지고 마음이 표백된 느낌이 들었다. 기지개를 켜고 눈을 크게 떴다. 우크라이나 평원은 한 장의 여백이었다. 그동안 화려한 색채에 물들어 있었는데 무채색의 반란 앞에서 흥분을 감출 수 없었다. 처음 보는 풍경 없는 풍경. 가장 화려한 색은 무채색이었다. 안개의 입자만으로 세상은 충분히 화려하고 아름다웠다.

1박2일의 짧은 여정이었지만 한시라도 빨리 우크라이나의 수도 키예프에서 벗어나고 싶었다. 유리창에 울리는 간헐적인 총소리, 광장에 쌓인 바리케이트와 매캐한 연기가 머리를 혼란스럽게 만들었다. 길은 어두웠고 골목의 개들은 사람을 정면으로 바라보지 못했다. 천 년이 넘은 성소피아성당과 드네프르Dnepr강이 흐르는 키예프는 슬라브족이 세운 가장 아름다운 도시다. 러시아에서 보았던 밋밋한 평야지대와는 달리 키예프는 부드러운 곡선을 가지고 있었다.

우크라이나는 한 국가가 가져야 할 모든 것을 갖춘 선택 받은 국가이다. 비옥한 토지와 풍부한 광물, 우수한 두뇌, 물류에 필요한 강과 바다가 있다. 하지만 우크라이나는 한번도 세상의 중심이 되지 못했다. 유럽과 러시아 사이에서 전쟁과 내전을 반복했다. 그들은 스스로 주인이 되어 운명을 개척하지 못했다. 드네프르강을 사이에 두고 서쪽은 유럽, 동쪽은 러시아의 일원이 되기를 바랐다. 20세기 초 대기근으로 백성들이 죽어나갈 때도 전쟁의 참화 속에서도 국가는 보이지 않았다. 그들이 믿고 따르던 신도 우크라이나인을 구원하지 못했다. 상점과 시장에서 만난 우크라이나인의 눈가에는 푸른 드네프르강 같은 우수가 배어 있었다.

러시아와의 전쟁은 언제 끝날지 모르는 일이다. 한동안 CNN과 BBC의 메인을 장식하던 전쟁 뉴스도 시들해졌다. 언젠가 러시아어 과외선생에게 경제도 어려운데 러시아가 우크라이나를 포기하면 되지, 서방과 대립각을 세우는 이유를 물어보았다. 그녀는 사랑, 우애, 핏줄은 경제논리를 뛰어넘는다고 맞받아쳤다. 할 말이 없었다. 우크라이나에 조상의 무덤이 있고 혈육이 살고 있었다. 아차 하는 생각이 들었다. 내 머리에는 어느새 경제논리가 사랑이나 가족보다 앞자리에 차지하고 있었다. 우크라이나, 러시아, 벨라루스는 동슬라브족으로 원래 하나의 민족이었다.

다시 남으로 차를 몰았다. 키예프에서 흑해의 항구도시 오데사 Odessa까지는 490킬로미터. 승용차로 다섯 시간 정도 걸린다. 오전 10시를 넘어서자 안개가 서서히 걷히고 들판이 보이기 시작했다. 이번에는 안개 대신 눈 쌓인 벌판이 지평선까지 펼쳐졌다. 들판 가운데 띄엄띄엄 농가와 벌거벗은 나무들이 있었다. 2월인데 11월의 느낌이 들었다.

당초 이 길을 비행기가 아닌 자동차로 달리고 싶었던 것은 비토리오 데 시카 감독의 영화 〈해바라기〉로부터 받은 감동 때문이었다. 〈해바라기〉는 우크라이나의 평원을 배경으로 펼쳐지는 러브스토리다. 신혼의 단꿈이 채 가시기도 전에 이탈리아인 안토니오는 2차 세계대전의 전선으로 끌려갔다. 전쟁이 끝나도 안토니오는 돌아오지 않았다. 참전했던 동료들은 그가 죽었을 것이라는 소식을 전했다. 아내 지오반나는 남편이 살아 있을 것이라며 러시아로 찾아 나선다. 그녀의 예감은 맞았다. 안토니오는 목숨을 구해준 러시아 여인과 소박한 가정을 꾸리고 있었다. 기차역에서 맞닥뜨린 세 사람의 운명. 때늦은 재회와 돌아설 수밖에 없는 운명 앞에서 지오반나 역을 맡은 소피아 로렌은 통곡한다. 전쟁이 갈라놓은 비극적인 사랑, 상실의 노래가 활짝 웃는 해바라기를 배경으로 흘렀다.

겨울이라서 볼 수 없었지만 봄이면 우크라이나 평원은 온통 해바라기밭으로 변한다. 왜 영화 제목이 해바라기였을까. 해바라기가 배경이 되었기 때문일까, 해바라기의 꽃말인 '기다림' 때문일까. 끝없이 펼쳐지는 지평선 위에 영화의 장면들을 거꾸로 돌려 보며 전쟁과 사랑을 생각했다. 해바라기는 태양을 향해 환하게 웃고 있지만 심장은 새카맣게 타 들어간다. 마치 사랑을 떠나보낸 여인의 기다림처럼…….

다섯 시간여를 달린 끝에 흑해의 도시 오데사에 도착했다. 오데사는 러시아혁명의 도화선이 된 항구도시다. 1905년 배고픔과 장교들의 폭압을 견디다 못한 수병들이 선상 반란을 일으켰다. 반란군이 오데사항으로 귀항하는데 환영 나온 시민에게 차르의 군대가 무차별 총격을 가했다. 이를 소재로 다룬 영화가 에이젠슈테인의 〈전함 포템킨〉이다. 자식을 잃은 아버지의 슬픔, 엄마는 죽고 유모차만 계단 아래로 굴러 떨어지는 장면은 영화사의 한 페이지를 장식하고 있다.

오데사는 문화와 경제가 어우러진 우크라이나의 제2의 도시이지만 거리는 어두웠다. 작은 호텔의 레스토랑에서 나오는 소시지와 감자는 말라 있었다. 포템킨 계단 위에서 해무에 싸인 바다를 내려다보았다. 군함도 상선도 보이지 않았다. 방파제 끝 등대를 향해 연인이 손을 잡고 걸어가고 있었다. 수병들과 시민들이 원한 것은 명

예나 돈이 아니라 따스한 국물과 한 조각의 빵이었으리라. 바다로 난 192개의 계단을 내려가면서 빵과 자유를 생각했다. 오데사로 오는 길에서 차창 너머로 내밀던 교통경찰의 빈 손, 나는 뭘 잘못했는지 묻지 않고 그의 손에 우크라이나의 화폐인 흐리브냐를 쥐어 주었었다.

우크라이나 곳곳에 서 있는 정교성당, 성인들의 유해가 묻혀 있는 키예프의 페체르스크Pechersk 동굴수도원에는 참배객의 발길이 끊기지 않았다. 순종하며 기도하는 민족, 신은 왜 이들에게 가없는 시련을 안겨주는 것일까. 드네프르강은 해바라기 밭을 적시며 남으로 남으로 흐르고, 큰 인연도 없는데 이별의 감정은 강물처럼 짙어져 갔다.

성소피아성당

붉은 해바라기

우크라이나 평원에 핀 해바라기
누구를 기다리며
새카맣게 속이 타 들어갔는가
남편은 전장으로 떠나고
돌아오지 않는 빈 들을 바라보는 여인의 눈가에
해바라기 핀다
기적 소리 울릴 때마다
유리창이 흔들릴 때마다
눈이 내린다고
안개가 설원을 뒤덮는다고
지워질 수 있을까
가없는 지평선 위에
입술을 깨물며 피어난 붉은 해바라기
새카맣게 속이 타 들어가도록
누구를 기다린다는 것은

동굴수도원 너머 드네프르강

발트해의 작은 몸부림

금요일 밤 브누코보Vnukovo공항에서 탈린Tallinn행 비행기를 탔다. 모스크바에서 블라디보스토크까지 아홉 시간이 걸리는데, 인접 국가인 에스토니아의 수도 탈린까지는 불과 한 시간 남짓이면 갈 수 있다. 러시아에서 1천 킬로미터가 넘지 않으면 그리 먼 거리가 아니다. 러시아의 동과 서를 횡단하다 보면 한국은 국가가 아니라 도시국가에 지나지 않는다는 생각이 든다.

입대를 앞둔 아들과 여행을 계획했다. 사춘기가 지나도록 어지간히 속을 썩이던 녀석이다. 돌아보니 공부하라고 다그치기나 했을 뿐 아버지로서 딱히 잘해준 것도 없었다. 코스를 어디로 잡을까 고민하다가 모스크바에서 멀지 않은 발트3국으로 잡았다. 발트3국은 인구 1백만에서 3백만 내외의 소국이다. 이들은 소련에 속했다가 1991년 냉전의 종식과 함께 독립한 국가들이다. 여행객의 발길이 닿지 않는 곳이라 인터넷을 뒤적여보아도 마땅한 정보가 없었다. 티켓만 사고 무조건 떠나자고 했다. 아들에게도 여행정보를 찾는 수고를 하지 말라고 했다. 그냥 견뎌보고 싶었다. 낯선 곳에서 작은 나라 사람의 숨소리를 듣고, 번잡스럽지 않은 곳에서 아들의 마음을 읽고 싶었다.

탈린 국제공항의 입국심사는 의외로 까다로웠다. EU 회원국이기도

에스토니아 수도 탈린 전경

하지만, 러시아에 대한 두려움이 컸던 탓에 모스크바를 통해 들어오는 사람을 경계의 눈초리로 바라보았다. 핀란드만이 펼쳐지는 작은 호텔에 방을 잡고서 아들과 단둘이 누웠다. 트윈 침대에 각각 누웠지만 호텔 방에 둘만 있으니 편하지 않았다. 성년이 되도록 아들과 단둘이서 잠을 자본 기억이 없었다. 아들과 나 사이에는 러시아와 발트3국처럼 보이지 않는 국경선이 있었고 서로 긴장상태를 유지했던 것 같다. 나는 자본을 가진 강자로서 일방적인 기준을 제시했고 아들은 이에 맞서 자기의 길을 고집했다.

발트해의 진주라고 불리는 탈린은 아담하고 소박했다. 구시가지에 남아 있는 중세풍의 골목과 돌담길은 프라하를 축소한 미니어처처럼 보였다. 툼페아Toompea언덕에서 핀란드만을 바라보았다. 바다를 배경으로 성당의 첨탑과 붉은 지붕들이 한눈에 펼쳐졌다. 발트해에서 불어오는 매서운 바람이 몸을 움츠리게 했다. 오래된 성곽과 골목길의 반질반질한 돌, 건물마다 보석처럼 박혀 있는 작은 상점에는 세월의 흔적이 묻어 있었다. 그동안 수많은 전쟁이 있었을 텐데 신기하게도 도시가 온전히 보존돼 있었다.

언덕에서 내려와 구시청 광장에 섰다. 나이지리아에서 온 청년이 자신이 일하고 있는 카페로 이끌었다. 커피 한 잔을 시켜놓고 주변을 둘러보았다. 건물마다 핀란드만의 강한 바람에 파랑, 하양, 검정이 줄무늬를 이룬 3색기가 펄럭거렸다. 검정색은 불행의 상징으로 국기에 잘 안 쓰는데 에스토니아인은 아픈 과거를 잊지 말자는 뜻에서 검정색을 쓰고 있었다. 인구 130만의 작은 국가에도 자국의 언어가 있고, 문화가 있고, 군대도 있었다. 어쩌면 아들도 에스토니아인처럼 부모로부터 독립을 원했으리라는 생각을 해보았다.

한나절 탈린 시내를 둘러본 후 이층버스를 타고 라트비아의 수도 리가Riga로 갔다. 처음 타 보는 유로라인 버스는 쾌적했다. 버스 안에 커피 자판기가 있고, 모니터를 통해 영화도 볼 수 있었다. 승객들이 국경도 없는 국경을 자유롭게 넘어가는 것을 보면서 발트인은 우리보다 더 큰 나라에 살고 있다고 생각했다. 12~13세기경 독일과 발트해 연안의 도시들은 정치, 군사적 연합체인 한자Hansa동맹을 결성하여 서로를 보호했다. 생존을 위한 약자들의 동맹이었던 셈이다. 리가는 한자동맹의 중심지로 발트국가 중에서 가장 번성했다. 리가의 구시가지에는 유럽의 여느 도시들과 마찬가지로 피터성당과 무너진 성벽이 있었다. 리가 시내를 가로지르는 다우가바Daugava강이 있어 포근한 느낌을 주었다.

다시 야간버스를 타고 마지막 행선지인 리투아니아의 수도 빌뉴스

Vil ńyus로 향했다. 창밖이 보이지 않는 캄캄한 밤, 어둠 속을 통과하면서 아들에게 아무것도 묻지 않았다. 묻고 싶은 것은 많았지만 침묵했다. 와이파이가 접속돼 걱정하고 있을 아내에게 아들과 여행을 잘하고 있다는 건조한 문자 메시지를 보냈다.

빌뉴스에 도착하자 밤 10시가 되었다. 호텔에 대충 짐을 풀고 거리의 식당으로 나갔다. 토요일 밤 거리에는 사람들로 가득 차 있었다. 빌뉴스에서 받은 첫 인상은 미인이 많다는 점이다. 러시아에서 미인을 흔하게 보아왔지만 리투아니아 여인들은 슬라브족과 게르만족의 장점을 섞어놓은 것처럼 보였다. 일요일 아침, 구시가지 쪽

라트비아 수도 리가 전경

으로 시내버스를 타고 이동했다. 관광의 포인트라고 할 수 있는 '새벽의 문'을 통과해 자갈길을 내려왔다. 새벽의 문 2층에는 검은 얼굴을 한 성모상이 있어 기적의 교회로 불리고 사람의 발길이 끊이지 않았다. 문 옆에 서 있는 소녀에게 동전 몇 개를 던져주고 시청 앞까지 구불구불한 길을 따라 내려왔다. 북카페에 들러 잠시 커피를 마신 후 빌뉴스 시가가 한눈에 내려다보이는 게디미나스 Gediminas성에 올랐다. 붉은 지붕 위로 서서히 어둠이 내려올 때 아들과 함께 사진을 찍는 것으로 3박4일의 일정을 마무리했다.

3일에 걸쳐 하루에 한 나라씩 세 나라를 거치다 보니 어느 정도

리투아니아 트라카이성

발트 지형에 익숙해져 펜을 준다면 대충 하나의 도시를 완성할 수 있을 듯했다. 밤 비행기를 타려고 준비하면서 에스토니아, 라트비아, 리투아니아 세 나라에 미안한 생각이 들었다. 큰 나라에서는 많은 시간을 투자하면서도 스치듯 둘러본다는 것이 예의가 아닌 듯했다. 사실 크나 적으나 한 나라를 제대로 알려면 똑같은 시간이 필요하다. 문화나 역사는 국토의 면적과 비례하지 않기 때문이다. 현지인과 대화를 나누지 않고, 시장 한번 들르지 않고서 어떻게 한 나라를 온전히 이해했다고 말할 수 있겠는가.

1989년 발트3국의 시민들은 소련에 저항해 탈린-리가-빌뉴스를 잇는 620킬로미터의 인간띠를 만들며 자유를 달라고 외쳤다. 여기에는 200만 명이 참여했고, 저녁 7시 교회들은 일제히 종을 울려 자유를 알렸다. 이를 기념하는 발자국이 라트비아 리가의 자유의 여신상 앞에 동판으로 새겨져 있다.

나도 아들에게 자유를 주기로 했다. 더 이상 간섭하지 않고 멀리서 지켜보기로 했다. 철부지일 줄 알았는데 3일 동안 여행하면서 아들은 이기적인 나보다 훨씬 인간적인 내면을 갖추고 있었다. 그간 부모에게 대들었던 것은 자유를 달라는 외침이었을지 모른다. 아들과 함께한 사흘 동안 서로의 짐을 들어주고 차를 함께 마시며 우리는 서로의 국경을 넘나들었다. 서로를 바라보는 눈길이 과거보다 한결 부드러워졌다. 발트3국에 고유의 문화와 언어가 있었던 것처럼 아들에게도 고유의 삶의 방식이 있었다. 그의 세계는 막 자라난 나무들로 싱싱한 숲을 이루고 있었다. 그 숲에 고속도로를 깔고 다리를 놓아야 한다고 가르치던 나의 조언은 상투적이었다.

런던으로 배낭여행을 떠나는 아들에게 3백 달러를 쥐어주면서 "이제 너는 자유다. 맘대로 살아라, 다만 언덕이 되어 줄 테니 힘들면 기대면 된다."라고 말하며 살며시 안아주었다. 처음으로 아들의 가슴에서 심장의 고동소리가 느껴졌다. 자정을 넘긴 시각 공항은 한산했고, 모스크바행 터미널로 돌아서는 마음은 가벼웠다.

마음의 국경

유로라인 버스를 타고
아들과 처음으로 나선 둘만의 여행길
한방에 둘만 누워 있는 게 서먹서먹하다
한집에 살면서
우리는 얼마나 멀리 떨어져 살았던 걸까

잔소리 대신 가만히 등을 기댈 수 있는
언덕이나 되어줄걸 그랬어
아들은 아버지의 식민지가 아닌데
비자도 필요 없는데
둘 사이에 가로놓인 보이지 않는 국경선
한 울타리에 살면서
서로의 언어는 얼마나 달라져 있던가

라트비아 리투아니아 소국의 국경을 넘으며
아들의 국경 안으로 들어가 보았네
비밀의 정원 속에는
야생의 꽃나무가 자라고 성당이 있고
사랑의 강이 흐르고 있었네

파도 거센 날
등대처럼 반짝여주기나 할걸 그랬어
세상은 어항 속이 아닌데
자정 넘은 공항 대합실
처음으로 들어본 아들의 심장 소리

이제부터 너는 자유다

국경의 밤

블라디보스토크에서 출발해 육로를 통해 중국으로 넘어가기 위해서는 아침부터 서둘러야 했다. 간밤의 숙취를 달래기 위해 호텔에서 간단하게 미역국으로 해장을 했다. 타국에서 아침 식사로 미역국을 먹는 호사를 누릴 수 있었던 것은 롯데호텔(구 현대호텔)이 있었기 때문이다. 현대호텔이 문을 연 시점은 1997년이다. 블라디보스토크에 바닷바람만 쌩쌩 불던 때로, 정주영 회장이 이 지역을 선점하라며 직접 부지까지 물색해 주었다고 한다. 러시아인은 현대호텔이 군항이었던 블라디보스토크의 자본주의를 앞당겼다고 평가하고 있었다.

산업화시대를 연 경영자들은 예지력이 뛰어났다. 그들의 가슴에는 꿈이 있었다. 주판알을 굴리기보다는 미래의 먹거리와 나아갈 방향을 제시했다. 경제가 위기라는데 그 이유는 자본과 기술이 없어서가 아니다. 비전이 없기 때문이 아닐까. 경영도 자전거타기와 같아서 흔들리며 나아갈 수밖에 없다. 시시각각 변화하는 환경 속에서 넘어지지 않기 위해서는 땅을 보지 말고 앞을 보아야 한다.

블라디보스토크부터 중국 국경까지의 거리는 대략 200여 킬로미터. 그 중간에 극동지역의 슬라비얀카Slavyanka, 자루비노Zarubino, 포시에트Posyet항을 지나가야 한다. 러시아 국경지대는 예나 지금이나 버려진 땅이었다. 사람이 살지 않고 늪과 잡초만 무성했다. 이 황무지로 1800년대 말 우리 선조는 유민이 되어 찾아들었다. 일제의 압박을 피해, 먹을 것을 일구기 위해, 나라를 되찾기 위해 연해주로 왔다.

우수리스크Ussuriysk로 가는 길에서 왼편으로 빠져 나와 크라스키노Kraskino 방향으로 차를 돌렸다. 늪지대에서 자라난 갈대와 나지막한 산야의 두어 그루 소나무가 한가롭기만 했다. 이 들판에서 시베리아 호랑이를 만난 사람도 있었다. 실제로 통나무 카페에 들렀을 때 호랑이 가죽이 벽에 걸려 있었다. 시베리아 호랑이는 두만강을 건너와 백두대간을 타고 태백산, 지리산까지 내려오곤 했었다.

블라디보스토크에서 중국의 변경 쪽으로 100여 킬로미터를 지나자 자루비노항이 나왔다. 자루비노항에서 잠시 쉬어가기로 했다. 물류기지에는 시베리아 횡단열차에 적재될 자동차가 있고, 야적장에는 고철이 쌓여 있었다. 방파제로 다가가니 다섯 명의 소년들이 멱을 감고 있었다. 피부가 새까맣게 그을린 막심이란 소년의 어머니는 러시아계, 아버지는 중국계였다. 그는 나를 향해 '코레아?'라고 물으며 할머니가 조선사람이었다고 했다. 아마도 막심의 할머니는 중국으로 팔려왔던 게 분명했다.

북방사업을 위해 만주를 지날 때마다 연변주 출신의 윤동주 시인을 생각했다. 또 연해주 일대를 다닐 때는 이용악의 시를 떠올렸다. 이용악 시인이 태어난 곳은 함경북도 경성으로 연해주와 가까운 곳이다. 시인은 소금 밀매업을 하는 아버지를 따라 두만강을 건너 러시아를 자주 드나들었다. 국경을 넘다가 또는 국경 밖에서 고향을 그리워한 채 조선인이 죽어나갔다. 몸을 팔던 전라도 가시내도, 밀매를 하던 이용악의 아버지도 쓸쓸히 이국에서 죽음을 맞았다. 이용악은 가난, 죽음과의 싸움을 벌이면서도 절망에 기대지 않고 서정을 통해 우리 민족의 강인한 생명력을 노래했다.

"북쪽은 고향, 그 북쪽은 여인이 팔려간 나라, 머언 산맥에 바람이 얼어붙을 때, 다시 풀릴 때, 시름 많은 북쪽 하늘에, 마음은 눈감을 줄 모른다." 이용악의 북쪽이란 시를 읽다 보면 마음 한쪽이 무너져 내리면서 나도 모르게 북쪽 하늘을 바라보게 된다.

북·중·러 국경이 가까워지자 핸드폰의 눈금이 사라졌다. 러시아 국경수비대가 주둔한 곳임을 알 수 있었다. 국경에 인접한 크라스키노는 안중근 의사가 중국으로 가기 전에 11명의 동지들과 함께 단지동맹을 결성한 장소다. 안 의사는 손가락을 자른 후 '대한독립'을 썼다. 그로부터 몇 달 후 안 의사는 중국으로 건너가 하얼빈Harvin역에서 이토 히로부미를 향해 3발의 권총을 발사했고 '코레아 우라(대한민국 만세)'를 외쳤다.

크라스키노 안중근 의사 단지비

몇 년 전 안 의사의 발자취를 따라간 적이 있었다. 블라디보스토크에서 장춘으로, 장춘에서 다시 기차를 타고 하얼빈까지 이동했었다. 장춘에서 하얼빈까지 생의 마지막 열차를 타고 가면서 안 의

사는 무슨 생각을 했을까. 자유의 물결처럼 일렁이는 옥수수를 보며 수수깡을 씹던 고향과 어머니를 떠올렸을까. 안 의사가 「동양평화론」을 쓰던 뤼순 감옥의 독방은 차가웠고 아침 햇살이 가늘게 비치고 있었다.

세 번의 국경수비대 검문과 러시아 세관을 통과하자 중국의 훈춘이 나왔다. 불과 10여 킬로미터만에 시차는 마이너스 2시간이 되었다. 길가 상점의 간판에는 한글, 한자, 키릴문자가 뒤섞여 있었다. 훈춘 시내로 곧장 들어가는 대신 러시아, 중국, 북한이 만나는 삼국의 접경지대로 갔다. 중국과 북한을 연결하는 권하세관을 지나면서 두만강의 폭은 조금씩 넓어져 갔다. 바지를 걷어붙이고 뛰어들면 금방이라도 건널 수 있는 땅, 강 건너 북한의 산야가 손에 잡힐 듯했다.

두만강은 예나 지금이나 생과 사의 경계였다.

"아하 무사히 건넜을까, 이 한 밤에 남편은 두만강을 탈없이 건넜을까, 외투를 쓴 검은 순사가 왔다 갔다 하는데 발각도 안 되고 무사히 건넜을까."

남편을 러시아로 떠나보내고 잠 못 이루는 새댁의 간절한 마음을 노래한 파인 김동환의 「국경의 밤」이란 시가 생각났다. 오늘날에도 많은 북한 사람이 목숨을 걸고 두만강을 건너고 있다는 슬픈 현실이 아프게 다가왔다.

두만강을 따라 한 시간여를 달려 삼국의 경계지대인 방천에 도착했다. 방천은 중국인이 동쪽으로 갈 수 있는 마지막 지점이었다. 중국은 러시아에 막혀 동해로 나가는 길을 잃고 말았다. 전망대에 올라 두만강 철교 너머로 동해를 바라보았다. 어머니도 외할아버지를

중국 방천에서 바라본 두만강철교

따라 두만강 철교를 건너던 다섯 살 때 기억을 가끔씩 나에게 들려주시곤 했었다. 나라를 잃어보지 못한 사람은 그 아픔을 잘 모르리라.

북한에서 들을 태우는 연기가 헐벗은 산을 감싸고 느리게 올라갔다. 러시아의 마지막 기차역인 하산Khasan역에서는 시베리아를 횡단해 온 화물열차가 정차해 있었다. 러시아와 북한을 배경으로 사진을 찍고 돌아서자 두만강 자락에 석양이 곱게 내리기 시작했다. 서서히 밀려드는 어둠은 국경을 지워버렸지만, 튼실한 두 다리를 가지고서도 넘을 수 없는 국경선은 머릿속에서 더 선명해져 갔다.

그대의 공화국

사랑이 깊으면 독재가 되더라
아서라 아서라 골백번 다짐해 보지만
그대 안의 공화국에
오늘은 삼엄하게 눈이 내린다
건너지 못할 깊은 강
미루나무 앙상한 가지에
걸려 있는 녹슨 철조망
잊어라 잊어라
수만 번 입술을 깨물어보지만
북방의 바람에 펄럭이는
그대라는 깃발

겨울밤
눈은
내리고

대지를 적시는 신의 음성

음악은 외로움의 표현이다. 인간이 노래를 부르고 새가 울부짖는 이유는 외롭기 때문이다. 대학 시절 서울을 떠나 양수리 부근의 월 3만원 셋집에 산 적이 있었다. 낯가림이 심한 촌놈이 복잡한 서울생활에 쉽게 적응할 수 없었다. 사람이 드문 곳에는 평화와 안식이 깃들 줄 알았다. 하지만 고독이 주는 평화도 잠시, 빈 방으로 밀려오는 적막은 두려움의 대상이었다. 사람이 싫어 떠나왔는데 점점 더 사람의 목소리가 그리워졌다. 북한강을 거슬러 오는 거대한 적막을 견디기 위해 밤새 라디오를 켜놓고 잠들곤 했었다.

지구 면적의 13퍼센트나 되는 땅에 고작 1억 4천여 명이 살고 있는 러시아 대륙은 거대한 진공상태의 밀실과 같았다. 한참을 차로 달려야 띄엄띄엄 마을이 나타났다. 러시아 사람들은 나면서부터 적막에 길들여졌는지 대체로 감정 표현에 서투르고 무표정했다. 아무리 소리를 질러도 들어줄 사람이 없을 듯했다. 어디에선가 분명 새들이 지저귀고 있을 텐데 허공 속에 산산이 흩어져 들리지 않았다. 산이 없어 강물은 숨죽여 흐르고 울부짖어도 언덕이 없어 반향조차 없었다.

대륙의 적막을 이기려고 일부러 사람이 있는 곳을 찾아 나서기도 했다. 특히 겨울이 깊어 가면 술집이나 혹시 남는 표가 있는지 콘서트홀 주변을 서성거렸다. 자주 찾던 곳은 파벨레츠키 바크잘 부근의 돔뮤지키, 마야코프스키 지하철역 옆의 차이코프스키홀이었다. 만 루블이 넘는 표부터 불과 오백 루블 표까지 가격대는 다양했다. 발레나 오페라를 감상할 때와는 달리 콘서트홀에서는 가장 싼 표를 샀다. 음악의 정수를 맛보는 데 채 만 원도 들지 않았다. 지휘자와 연주자의 표정은 그리 중요하지 않아 무대로부터 가장 멀리 떨어진 3층 벽에 기댄 채 혼자 음악을 감상하곤 했었다.

음악에 문외한이지만 콘서트홀을 자주 가다 보니 러시아 음악에 대해 어줍잖지만 내 나름대로 해석할 수 있는 눈이 생긴 듯하다.

콘서트홀(돔뮤직키)

현지에서 맛본 러시아 음악에 대한 인상은 정교하다는 것이었다. 연주자는 기본기에 충실했고 겉멋을 부리지 않았다. 그들의 하모니는 물리나 수학의 공식처럼 완벽을 추구했다. 음색이 깊은 것도 특징이었다. 현악 연주자는 살을 베듯 활을 누르고, 피아니스트의 손끝에는 힘이 넘쳤으며, 관악 연주자는 한을 내뿜듯 깊게 호흡했다. 러시아에는 〈백학〉, 〈백만 송이 장미〉, 〈스텐카 라진〉 같은 우리에게 잘 알려진 대중음악이 있지만 대륙에는 웅장한 오케스트라가 단연 어울렸다.

언젠가 오스트리아 비엔나로 여행을 갔을 때 민박집 아주머니가 추천해 준 연주회를 갔다가 실망한 적이 있었다. 관객마다 기호가 다르겠지만 러시아 음악에 비해 가벼웠기 때문이다. 울림이 적었다. 라흐마니노프의 〈피아노 협주곡〉을 들을 때 피어나던 들꽃의 환영, 차이코프스키의 〈백조의 호수〉를 감상할 때의 동화적 분위기, 쇼스타코비치의 교향곡 〈레닌그라드〉에 들어 있는 삶과 죽음의 낙차, 무소르그스키의 〈전람회의 그림〉 속에 비치는 빛과 어둠의 교차 등은 겨울밤을 잊게 만들기에 충분했다. 러시아 음악 속에는 죽을 것 같은 절망의 심연에서 들리는 가느다란 오보에 소리, 들꽃의 향연이 끝나는 시점에 눈송이처럼 휘날리는 피아노 솔로, 사랑할 수도 떠나보낼 수도 없는 연인의 애끓는 심정에서 울려 나오는 바이올린의 단음이 있었다.

러시아의 자연과 역사 속에서 직조된 음악도 깊이가 있었지만, 관객 입장에서도 음악에 몰입하기 좋은 환경이었다. 러시아 음악이 감동적인 것은 저기압지대의 짙은 어둠이 아우라를 형성하고 있기 때문이다. 일시 귀국해 예술의전당에서 러시아 교향악단의 음악을 듣는데 감흥이 살아나지 않았다. 왜 그랬을까. 벚꽃이 터지는 봄밤에 교향곡을 듣는 것과 영하 20도의 칠흑 같은 어둠 속에서 듣는 것은 다를 수밖에 없었다. 차이코프스키홀을 가기 위해서는 거대한 어둠을 뚫고 지나가야 했다. 지구를 거대한 무대라고 할 때, 조

차이코프스키 음악원 앞 동상

명이 어두운 러시아는 음악을 연주하고 감상하기에 최적의 공간이었다.

한번은 공연이 끝나고 감동에 겨워 가장 늦게 차이코프스키홀을 빠져나온 적이 있었다. 콘서트가 끝난 겨울밤 어둠 속으로 눈발이 날리고 있었다. 어둠을 배경으로 쏟아지는 눈발이 오선지 위의 음계처럼 보였다. 그때 공연을 마친 첼리스트가 악기를 메고 나를 앞질러 지나갔다. 음악도 음악이지만 콘서트 내내 몇 명의 연주자가 눈에 들어 왔었는데, 외투 깃을 세우고 그녀의 발자국을 따라가 보았다. 다시 연애를 한다면 악기를 다루는 여자와 하고 싶었다. 음악인의 예민한 감수성이 전달될 때 세상 너머의 다른 세계가 펼쳐질지도 모른다는 생각이 들었다.

취미로서의 음악과 직업으로서의 음악은 분명 다를 것이다. 오케스트라의 정단원이 되기까지 그녀는 피나는 연습을 반복했을 것이다. 정단원이 되기도 어렵지만 금전적 보상도 미미한데 자신의 음악에 만족하고 있을까. 러시아를 떠나면 음악을 할 수 없을 것 같다며 유럽 쪽의 제안을 뿌리쳤다는 차이코프스키 음대 교수의 말도 떠올랐다. 첼리스트가 골목 끝으로 사라진 뒤 가로등 불빛 아래서 나의 환상도 끝이 났다. 그녀가 사라지고 난 뒤에도 말을 걸어보지 못한 아쉬움을 달래며 동물원 길을 따라 '1905년역'까지 한참을 걸었다.

그로부터 한 달여가 지났을까. 미국에서 목사로 있는 형이 모스크바를 방문했다. 정교성당의 미사를 보고 싶다고 했다. 일요일 오전 10시 동네 정교성당을 찾았다. 정교성당에는 의자도 악기도 없다. 모두 서서 미사를 올리고 있었다. 그 작은 성당에서 뜻하지 않게

콘서트 장면

나는 콘서트홀에서보다 더 큰 감동의 세례를 받았다. 예수님의 형상이 그려진 돔 아래서 미사포를 쓴 네 명의 여인이 단성으로 성가를 부르고 있었다. 그 노래는 나무 바닥을 울리고 둥근 돔을 타고 하늘 높이 전달되고 있었다. 반주도 화성도 없었다. 하지만 지상의 어떤 하모니보다 아름다웠다. 투명하게 빛났다. 러시아 음악이 하강음계를 쓰면서 비극적인 아름다움을 전달하는 데 비해 성가는 상승음계를 쓰면서도 성스러웠다. 가장 좋은 악기는 피아노, 바이올린이 아니라 인간의 몸이라는 것을 증명하는 듯했다. 그 소리는 노래가 아니라 기도였다. 죄 많은 인간을 용서해 달라는 참회였고, 어둠을 밝히는 빛이었다.

성가를 듣고 성당 밖으로 나오니 막막해졌던 귀가 다시 열렸다. 여태껏 들리지 않던 눈 내리는 소리, 전나무 바늘잎이 흔들리는 작은 소리까지 들려오는 듯했다. 음악이 아니라 대륙에 숨겨진 침묵의 소리를 비로소 듣게 된 것이다.

울컥

겨울나무가 얼어 죽지 않으려면
울컥하는 것이 있어야겠다
마룻바닥에 울리는 통성기도나
남몰래 흘리는 눈물 같은 것들이
뿌리에서 가지 끝까지 밀고 올라야겠다
눈과 눈이 고사리손을 마주잡고
빈 들을 건너가는 겨울밤을 나려면
울컥하는 것들이 있어야겠다
다시 볼 수 없는 북방의 여인이나
갈 수 없는 설움들이 목울대까지 차올라
얼굴에는 신열이 올라야겠다
빈 겨울들에는 바람이 들이치고
쓰러지는 겨울나무들이여

한 장의 그림으로 남는 여행

여행이 끝나면 결국 몇 장의 장면만 남는다. 가슴 속에 이미지로 자리잡든, 컴퓨터파일로 남든 한두 장의 스케치로 요약된다. 이미지는 여행 중에 보았던 아름다운 풍광이거나 사람 사는 모습일 수 있다. 여행을 끝내고 떠오르는 이미지가 없다면 아무 생각 없이 다녔거나 가볼 필요가 없는 곳을 여행했을 가능성이 높다. 뭉크의 〈절규〉가 있는 오슬로, 피카소의 〈게르니카〉가 있는 마드리드, 렘브란트의 〈돌아온 탕아〉가 있는 상트페테르부르크는 한 점의 그림만으로도 가볼 만한 가치가 있는 도시이다. 이들 작품들은 강렬하여 도시 전체의 이미지를 압도하고도 남는다. 상트페테르부르크의 지명을 들을 때마다 〈돌아온 탕아〉를 먼저 떠올리곤 한다. 비록 렘브란트가 러시아 화가는 아니지만 상트페테르부르크는 관광도시가 아니라 〈돌아온 탕아〉의 도시이다.

러시아를 방문하는 사람들이 꼭 들러야 할 곳이 몇 군데 있는데 모스크바의 붉은광장이나 상트페테르부르크의 에르미타주 박물관이 아니다. 나는 모스크바의 트레치야코프Tretyakov미술관이나 상트페테르부르크의 러시아박물관을 가볼 것을 권한다. 그 이유는 러시아인의 삶과 영혼이 화폭에 고스란히 녹아 있기 때문이다. 러시아의 이미지와 정신의 원형을 찾을 수 있기 때문이다.

나는 그림에 관심이 많은 사람이 아니다. 해외에 나갔을 때도 미술관이나 유명한 작품 앞에서 인증 사진을 찍고 빠르게 발걸음을 옮긴다. 하지만 트레치야코프와 러시아박물관의 미술작품들은 도무지 발걸음을 떼지 못하게 만들었다. 한 장의 그림 앞에서 눈물을 머금었고, 시상을 가다듬었으며, 민중의 비명과 시베리아의 바람소리를 들었다.

한겨울 남편의 관을 마차에 싣고 어린 자식들과 함께 묻을 곳을 찾아가는 〈마지막 여행〉, 물동이를 끌고 언덕을 힘겹게 올라가는 세 남매를 그린 〈트로이카〉 등 바실리 페로프의 생활 작품을 보면서 고통의 전율이 밀려오는 느낌을 받았다. 온몸에 밧줄을 걸고 배를 끄는 뱃사람을 묘사한 〈볼가강에서 배를 끄는 인부들〉, 이반 뇌제가 아들을 때려죽인 후 끌어안은 표정을 그린 〈이반 뇌제와 아들〉 등 일리야 레핀의 그림을 보면서 카메라가 할 수 없는 영혼까지 포착한 미술의 위대함을 발견할 수 있었다. 또한 차르에 저항하다 체포된 사람들의 처형날 아침을 생생하게 묘사한 바실리 수리코프의 〈총기병 처형의 아침〉, 〈스텐카 라진〉 등의 대작은 역사의 현장에 서 있는 듯한 착각에 빠지게 만들었다.

사실을 말하자면, 러시아에 살기 전까지는 러시아 그림을 본 적이 없어서 문학이나 음악에 비해 러시아가 상대적으로 미술이 약하다는 선입견을 가지고 있었다. 초등학교 시절부터 프랑스, 이태리, 스페인, 네덜란드 유명화가들의 작품들을 줄줄이 외우고 시험을 보아왔지만 교과서에서 동시대의 러시아 작품을 본 적이 없다. 근대에 들어 샤갈, 칸딘스키 등이 있지만 이들은 러시아에서 태어났다가 외국으로 떠난 화가들로 온전히 러시아의 정서를 담고 있다고 보기는 어렵다.

러시아 미술의 마력은 어디에서 오는 것일까. 그것은 색채와 구성에 있지 않고 꾸미지 않는 순수함과 스토리에 있다. 쉬운 것 같아

〈트로이카〉

〈볼가강에서 배를 끄는 인부들〉

〈총기병 처형의 아침〉

도 예술 장르 중에서 리얼리즘이 제일 어렵다. 그 이유는 누구나 아는 뻔한 내용으로 감동을 주어야 하기 때문이다. 리얼리즘은 작품에 혼을 불어넣지 않으면 생명력을 갖기 힘들다. 러시아의 그림은 한 편의 장편소설이 되기도 하고, 대서사시가 되기도 한다. 서구의 주류 예술이 인상파다, 입체파다 하면서 이성에 기대고 있을 때 러시아 화단은 두 발을 척박한 땅에 딛고 우직할 정도로 자신의 작품을 역사와 민중을 위해 바쳤다.

유럽의 웬만한 미술관을 다 섭렵한 유명 건축가 한 분이 트레치야코프 미술관에 와서 떠나야 할 시간이 다가오는데도 발을 떼지 않았다. 그는 러시아 미술에 가슴을 울리는 독특한 마력이 있다고 했다. 우리가 잘 아는 르누아르, 고갱, 고흐, 세잔느, 마티스 등 유럽의 수많은 화가들이 서로 영향을 주고받아 왔다면, 러시아 미술가들은 변방에 홀로 떨어져 독자적인 화풍을 발전시켰다.

트레치야코프는 19세기 제정러시아시대의 상인, 요즘으로 말하면 비즈니스맨이다. 그는 가난한 화가들의 그림을 한 점 한 점 사모아 국가에 기증함으로써 미술관을 건립하게 하였다. 배고픈 시절에 러시아 화가의 그림은 헐값에 상인에게 넘어갔을 것이다. 그 중에는 먹고 살기 위해 붓을 든 화가들도 있었겠지만, 적어도 예술의 영혼까지 팔아가면서 날림으로 붓을 든 흔적들은 보이지 않았다.

트레치야코프 미술관에는 이콘화부터 초상화, 풍경화, 상징주의 작품에 이르기까지 순수 러시아 작가들의 작품 약 13만 점이 전시되어 있다. 미술관에는 한눈에 들어오지 않는 대작들도 여럿 있다. 이들 작품 중에서 가장 눈길이 가는 작품은 단연 알렉산드르 이바노프의 〈민중 앞에 나타난 그리스도〉이다. 이바노프는 한 폭의 그림을 위해 무려 20년의 세월을 바쳤다. 대작을 완성해 가는 과

〈민중 앞에 나타난 그리스도〉

정에서 수많은 세부 습작을 하고, 색채 실험을 했다. 하지만 그는 작품을 완성하지 못한 채 숨을 거두었다.

좋은 그림은 죽어 있는 것이 아니라 살아 있다. 한 점의 명화 속에는 피가 흐르고 심장이 뛴다. 인간의 수명이 고작 백 년이라면, 명화는 시간이 지날수록 생명력을 더해간다. 시간이 지날수록 경매가가 올라가는 것도 그 이유 때문이다. 미술에 문외한인 나는 일이 잘 풀리지 않을 때마다 트레치야코프 미술관에 갔다. 이콘화의 〈모자상〉 앞에 서서 지혜를 달라고 기도했다. 삶의 열정이 떨어질 때마다 이바노프의 대작 앞에서 붓을 들고 날밤을 새웠을 작가주의를 생각했다. 그리고 러시아 작품 속의 주인공들과 눈을 맞추며 삶에 대해 대화를 나누었다. 인물화에 그려진 두 눈에는 내가 생활 속에서 찾지 못했던 진실이 담겨 있는 듯했다.

여행도 그렇지만 삶도 마지막 순간에는 몇 장의 이미지로 정리될 것이다. 인생이라는 화폭에 우리 모두는 한 장의 그림을 그리고 있을지도 모른다. 나는 마지막 병상에서 가쁜 숨을 몰아쉬면서 과연 무슨 장면을 떠올릴까. 아마도 내가 떠올리는 장면이 내 삶의 마침표가 되지 않을까.

태양의 기억

시골서 보내온 묵은지에
라면을 끓여놓고 창밖을 내다본다
강 한가운데 낚시꾼 한 사람
점점 눈사람이 되어가고
라면 국물 가득 피어나는 남해의 파래 줄기
해가 뜨지 않은 지 벌써 열흘
보드카로도 달랠 수 없는
이 긴 겨울을 어떻게 날 것인가
추운 날에는 새도 날지 않는다
이런 날에도 검은 망또를 걸친 수사는
성호를 그리며 맨발로 성당을 돌고 있겠지
고구마 한 알을 꺼내놓고
돌아온 탕아의 발을 씻어주듯
흙을 벗겨 접시물에 담가둔다
창밖은 영하 28도
누구에게나 시베리아 유형의 길 같은
잊지 못할 발자국은 있을 것이다
구름이 낮게 깔리는 저기압지대
고구마 몸통에서 돋아날 새순을 바라보며
촛불 하나를 밝혀둔다

ПУШКИНУ

상트페테르부르크
러시아미술관

손끝에 미치다

자라나는 머리카락이 원망스러웠다. 사업은 눈에 띄게 나아지는 게 없는데 곱슬머리는 일주일이 멀다 하고 자라났다. 일이 잘 풀리지 않을 때마다 머리카락부터 잘랐다. 거리에는 크라소타(Красота, 아름다움)라는 미용실 간판이 넘쳐났지만 일 년이 지나도록 단골 미용사를 찾지 못했다. 남자 머리가 특별할 게 있겠는가. 머리카락을 조금 자르고 각을 맞춰 다듬으면 그만일 게다. 미용사에게는 동양인 남자의 곱슬머리가 예사롭지 않았나 보다. 삼십 분 넘게 오른쪽과 왼쪽, 위와 아래를 차례로 오가며 만지작거리다 보면 어느새 상고머리처럼 짧아져버리고 말았다. 최선을 다한 결과였기에 얼굴을 찡그리거나 비난할 수 없었다.

미용실도 그렇지만 치과는 두려움을 넘어 공포의 대상이었다. 처음 치과에 들어섰을 때는 편안했다. 수련과정을 갓 마친 여의사가 친절하게 진료실로 안내했다. 그녀는 슬라브계 중에서도 보기 드문 미인이었다. 덧씌운 크라운이 빠져서 다시 끼워 넣는 작업이었다. 가까이에서 그녀의 숨소리와 심장소리가 들려왔다. 비록 통증은 있었지만 아픔을 잊기에 충분히 부드러운 손길이었다. 그 다음이 문제였다. 몇 차례 더 치과를 갔지만 온갖 정성에도 불구하고 같은 문제가 발생했다. 크라운을 두드려 펴고 남은 이를 갈면서 무진 애를 썼지만 실패로 돌아가고 말았다. 고통이 아름다움을 넘어서는 순간이었다. 이 하나 제대로 맞추지 못하고, 머리카락도 다듬지 못하는 손길이 한없이 원망스럽기만 했다.

우주선을 만드는데 제대로 된 자동차를 못 만드는 나라. 백 년 전에 횡단철도를 놓았을 정도로 토목기술이 뛰어난데 길 하나를 닦는 데 수개월이 걸리는 나라. 기초과학은 뛰어나지만 행정은 더디고, 미인은 많아도 명품 브랜드 하나 없는 나라. 자세히 들여다보면 러시아는 논리적이지 않은 부분이 많았다. 여인의 무딘 손끝이 실망스러웠지만 발레를 감상하면서 소소한 불평을 잠재울 수밖에 없었다.

러시아 여인은 대체로 자세가 곧고 반듯하다. 어렸을 때부터 학교에서 발레를 배워 어깨를 펴고 가슴을 내밀며 걷는다. 러시아인에게 발레는 생활의 한 부분이었다. 발레는 르네상스시대에 기원해 이탈리아, 프랑스를 거쳐 제정러시아에서 화려한 꽃을 피웠다. 서구에 비해 문화적으로 뒤처졌던 러시아에서 발레가 발달한 이유는 무엇일까. 표트르 대제, 예카테리나 여제는 먹고 사는 문제를 해결하는 것도 좋지만 문화가 발전하지 않으면 후진국을 면하기 어렵다고 판단했다. 극장을 짓고, 유명한 프랑스 안무가를 초청해 발레리나를 양성하는 등 한 세기에 걸친 노력 끝에 발레를 세계적인 수준으로 끌어올렸다.

볼리쇼이극장

처음 극장에 갔을 때 대사도 없고, 비슷한 동작이 반복되는 춤사위를 왜 보는지 이해할 수 없었다. 저녁을 먹은 후 7시에 시작된 공연은 눈꺼풀을 무겁게 만들었다. 게다가 겁도 없이 줄거리도 모른 채 공연을 보러 간 것이다. 모스크바에는 백여 개 넘는 극장이 있어 이런 저런 이유로 공연 표를 쉽게 구할 수 있었다. 〈호두까기인형〉, 〈백조의 호수〉, 〈숲 속의 잠자는 미녀〉 등 발레를 감상하는 횟수가 점차 늘어나면서 서서히 무대가 보이기 시작했다.

처음 발레를 보았을 때는 발레리나의 몸매가 가장 먼저 눈에 들어왔다. 어느 정도의 시간이 지난 후에는 표정이 보이기 시작했다. 발

볼리쇼이극장 내부

레가 재미있어질 무렵부터는 얼굴이 아니라 손끝과 발끝이 비로소 보였다. 〈백조의 호수〉를 본 것만도 수 차례나 된다. 왜 똑같은 작품을 보느냐고 묻는 사람도 있었다. 하지만 볼 때마다 새로웠다. 발레리나에 따라 느낌이 달라지고, 나의 감정 상태나 계절에 따라 작품을 해석하는 눈이 달라지기도 했다. 그리스의 철학자 헤라클레이토스가 같은 강을 두 번 건널 수 없다고 말한 것처럼 제목만 같을 뿐 같은 작품은 없었다.

처음에는 백조 의상을 한 발레리나가 사람으로 보였다. 얼마큼 시간이 경과하자 발레리나가 정말 백조처럼 보여 호숫가에 있는 듯

〈백조의 호수〉

한 착각에 빠질 때도 있었다. 차이코프스키의 선율 위에 펼쳐지던 잔잔한 호수와 백조들의 군무, 발레리나의 손은 신비스러웠다. 손가락 사이에서 바람이 불고 눈비가 내렸다. 손길을 따라가다 보면 은하수가 나오고 새털 구름이 펼쳐지기도 했다. 마법에 걸린 공주 오데트를 사랑한 왕자, 마법사 로바르트의 끝없는 방해, 왕자가 목숨을 던짐으로써 공주가 마법에 풀리는 뻔한 줄거리였지만 발레리나의 손끝에서 사랑과 이별, 저주와 절망, 삶과 죽음까지 표현된 것이다.

발레의 참맛은 어디에 있는 것일까. 발레를 감상하면서 오랜만에 언어 이전의 시대로 돌아갈 수 있었던 것 같다. 인간의 언어는 부정확하고 거짓이 많은 데 비해 발레리나의 연기에는 거짓이 없었다. 발레는 대사가 없어 줄거리를 이해하기 어렵지만 언어가 없어 존재 이유가 있었다. 발레를 감상하면서 곡선의 세계에 빠져보는 것도 유의미했다. 경쟁사회에서 살아남기 위해서는 남을 짓밟고 올라서는 수직의 사고가 필요한데 발레에는 수직의 관념을 무너뜨리는 원형의 아름다움이 있었다. 발레리나가 만들어내는 곡선의 몸놀림 속에서 모난 마음이 둥글어져 갔다. 마지막으로 발레의 중심은 몸이 아니라 발끝에 있었다. 절정의 순간은 도약에 있지 않고 정지에 있었다. 만일 발레리나와 사랑에 빠진다면 아름다운 몸매와 얼굴이 아니라 그녀의 발에 입맞춤하는 것이 그녀를 사랑하는 방법일 것이다.

발레는 고통의 축제다. 토슈즈 속에 감춰진 발가락의 감각이 무디어질수록 춤은 더 완벽에 가까워지고 관객들은 열광한다. 발레리나의 손끝에서 빵은 만들어지지 않지만, 무에서 유를 창조하는 손끝의 자유는 혁명보다 위대한지 모르겠다.

카레이스키*

네일숍에서 두 손을 내밀었다
금발의 소냐가 중국인인지 물었고
카레이스키라며 고개를 흔들자
북한쪽에서 그녀는 말끝을 흐렸다
가위로 보푸라기를 자르고
사포로 손톱 끝을 둥글게 다듬자
자그마한 반달이 떠올랐다
그녀의 손길에 스르르 눈이 감기고
나는 어느새 열차를 타고
연해주 지나 두만강 삼각주 건너
금강 설악을 향해 달려가는 듯
손바닥에 난 잔금들은 마음의 철길
핏줄을 타고 먼 산맥을 돌아
침엽수 촘촘한 타이가지대를 넘어
그녀의 마음속으로 들어서고 있는지
손길 너머로 순정하게 바라보던
그녀의 일렁이던 가슴

*카레이스키:한국인

사람은 무엇으로 사는가

모스크바의 봄은 사과나무에서부터 시작되었다. 오월이면 거리, 공원, 다차(Дача 별장) 주변에 사과꽃이 흐드러지게 피어났다. 꽃의 생김새나 색깔이 벚꽃과 비슷했다. 봄눈이 한두 번 지나고 나면 사과나무는 놀란 듯 화들짝 꽃망울을 터뜨렸다. 개화 기간은 고작 열흘 남짓, 일상에 쫓기다 보면 사과꽃이 언제 피었는지 모르게 시간이 지나가 버렸다. 모스크바에 사과나무가 많은 이유를 속 시원히 들어본 적은 없지만 봄의 전령사로 손색이 없다.

5월 중순이면 사과꽃을 보기 위해 서민이 자주 찾는 콜로멘스코예Kolomenskoye 공원을 찾았다. 인공호수와 어우러진 차리치노

Tsaritsyno, 귀족의 영지였던 아르한겔스코예Arkhangelsk 공원에 비해 콜로멘스코예는 자연미를 살린 소박한 공원이었다. 공원에는 예수승천성당, 카잔성모성당 등 역사적인 건축물이 있지만 야트막한 언덕이 가장 인상적이었다. 어디가 시작이고 끝인지 모를 정도로 공원은 넓었다. 기획되지 않은 땅의 주인은 사람이 아니라 사과나무였다. 러시아의 민중처럼 사과나무는 때가 되면 꽃을 피우고 열매를 맺어 세상을 이롭게 하고 있었다.

사과꽃이 필 무렵이면 시민들의 마음도 부풀어 오르는 듯했다. 사과나무 터널 속에서 신부는 결혼사진을 찍고 연인은 사랑을 속삭였다. 나뭇가지에 그네를 매달아 만삭의 아내를 밀어주는 사내도 있었다. 자신의 아이를 가진 여인을 사랑하는 사내의 지극한 마음이 미풍에 실려 전달되는 듯했다. 그네가 높이 올라갈수록 아내의 입은 사과꽃보다 화사하게 벙그러졌다. 여태껏 과실나무의 열매만을 생각하며 살았는데, 사과나무는 꽃과 봄을 선물하고 있었다. 누구에게나 꽃피는 시절은 있다. 열매만을 생각한 나머지 우리는 꽃피는 시절을 너무 쉽게 잊어버리는지 모른다.

사과나무 동산으로 유명한 곳 중 하나가 톨스토이 생가가 있는 야스나야 폴랴나Yasnaya Polyana다. 봄이 아니라 겨울이 눈앞에 아른

거리는 10월 말에 소위 잘 나가는 선배와 함께 생가를 찾았다. 선배는 벤처기업, 청와대, 연구소의 경계를 자유자재로 넘나든 분이었다. 그는 사는 게 전쟁이라고 했다. 치열한 삶의 흔적 때문인지 머리에는 눈이 내린 흔적이 역력해 보였다. 모스크바에서 승용차로 두 시간 남짓, 톨스토이의 생가가 있는 야스나야 폴랴나로 가는 길에 진눈깨비가 내렸다. 눈도 비도 아닌 것이 가을과 겨울 사이에서 오락가락했다. 삶에 지쳐 머나먼 러시아를 찾은 선배나 도시에서의 화려한 귀족생활을 접고 바랑 하나만을 멘 채 시골마을로 찾아 든 톨스토이나 심정은 비슷하지 않았을까.

톨스토이 생가

톨스토이의 소설은 겉으로는 화려해 보이지만 깊은 허무를 담고 있다. 세속적인 삶에서 더 이룰 것이 없었기 때문인지 모른다. 대중적 인기, 문학적 업적, 귀족으로서 누리는 경제적 여유 등 부족할 게 없는 삶이었다. 놀 만큼 놀고 누릴 만큼 누렸던 자의 특권이었을까. 톨스토이는 노년에 모든 걸 내던지고 참회록을 쓰기 시작했다. 영지를 비롯한 모든 재산을 포기하고 맨발로 농부처럼 밭을 갈며 종교적인 삶을 살았다. 심지어 자신이 썼던 『전쟁과 평화』, 『안나 카레니나』 같은 불멸의 역작들마저 부정했다.

영지에 들어서 조그만 호수를 지나자 사과나무 언덕이 나왔다. 가

밭가는 톨스토이(일리야 레핀)

을걷이가 끝나고, 가지의 맨 끝에 불안한 희망처럼 사과 한두 개가 흔들리고 있었다. 진눈깨비에 젖어 빛나는 사과가 희미한 등불 같았다. 언덕으로 오르는 길 오른쪽에는 자작나무들이 줄지어 터널을 이루고 있었다. 자작나무는 가을을 떠나보내는 듯 몇 장 남은 노란 잎을 떨쳐내고 있었다.

사과나무 동산을 지나 길이 끝나는 곳으로 가자 비석 하나 없는 무덤이 나왔다. 풀무덤을 내려다보던 선배의 얼굴이 비로소 펴지기 시작했다. 대문호를 추모하는지 무덤을 몇 바퀴 돌고 난 후 상념에 잠겼다. 어차피 우리 모두는 돌아간다. 선배는 화려할 줄 알았던 톨스토이의 풀무덤을 보면서 세상에 영원한 것은 없다는 걸 느끼는 듯했다. 그동안 어깨를 짓누르던 고민을 잠시나마 덜어놓은 것처럼 보였다.

톨스토이의 마지막 죽음은 드라마였다. 가출은 중고등학교 시절에나 하는 것인데 여든두 살의 나이에 집을 뛰쳐나와 허름한 3등열차에 몸을 실었다. 그가 가출을 결심하게 된 이유는 종교적 삶을 살고자 하는 그와 세속적 욕망을 버리지 못하는 아내 소피아 사이의 갈등 때문이라고 한다. 하지만 그는 단순히 집을 나섬이 아니라 영원으로의 회귀를 꿈꾸었을지 모른다. 바랑 하나만을 메고 낡은 기차를 탄 그는 폐렴에 걸려 작은 기차역인 아스타포프역(Astapovo, 현재는 톨스토이역)에서 생을 마감했다. 깊은 눈, 휘날리는 수염, 그는 떠났지만 그는 우리 곁에 남았다. 가지고 있는 전 재산과 심지어 문학과 사상까지 버림으로써 불멸이 되었다. 만약 톨스토이가 50대 이전에 누렸던 욕망을 지속했다면 지금처럼 위대한 작가로 남을 수 있었을까.

비석도 없는 톨스토이 무덤

사과동산을 내려오다 결혼 사진을 찍고 있는 신혼부부를 만났다. 그들의 입맞춤은 사과보다 달콤하고 드레스는 천사의 날개처럼 가벼워 보였다. 오솔길에 접어들자 앳된 소녀들이 연리지를 사이에 두고 사진을 찍고 있었다. 두 나무는 가지를 벌려 다정하게 손을 꼭 잡고 있었다. 소녀들이 고목의 껍질을 벗겨 호주머니 속에 집어넣고 있었다. 그 이유가 궁금했다. "왜 나무껍질을 가져가는 거니?" "연리지의 조각을 지니면 사랑이 이루어진대요." "너희들이 사랑을 알아, 사랑이 뭐야?"

내 질문이 뜻밖이었는지 소녀들은 엷은 미소를 지어 보였다. 누가 사랑을 가르쳐주지도 않고, 배운 적도 없을 텐데 어떻게 사랑을 알았을까. 사랑은 도대체 어디서 온다는 말인가.

어스름이 서서히 깔리기 시작했다. 호숫가 통나무집에서 연기가 피어올랐다. 저녁 연기가 사랑의 감정처럼 가슴에 먹먹히 스며들었다. 누가 가르쳐주지 않아도 사과나무는 겨울을 이기고 돌아와 꽃을 피울 것이다. 누가 가르쳐주지 않아도 소녀들도 때가 되면 사랑의 꽃을 피울 것이다. 톨스토이는 우리에게 물었다. 사람은 무엇으로 사는가.

일리야 레핀이 그린 톨스토이 초상

야스나야 폴랴나*

사랑은 어디서 오는가
가없는 유채꽃밭 너머인가
첫눈이 내린 전나무 숲인가

톨스토이의 사과나무 동산에
줄기를 잇대어 서 있는
아름드리 자작나무

열 서넛 슬라브 소녀들이
사랑이 이루어진다며
연리지를 배경으로 사진을 찍는다

사랑을 배워본 적도
누가 가르쳐준 적도 없는데
사랑은 어디서 오는가

지평선 너머의 땅 끝인가
지상의 순례를 막 끝낸
구름의 끝자락 너머인가

밥 짓는 저녁연기처럼
사랑은 먹먹히 스며들고
사람은 무엇으로 사는가

*톨스토이의 생가와 무덤이 있는 지명

기억의 집

러시아의 심장이라고 할 수 있는 과학아카데미 22층 베란다에서 조촐한 환송회를 가졌다. 여직원 올라가 퇴사하는 날이었다. 사람을 떠나보낼 때마다 이별의 장소로 높은 곳을 선택했다. 떠나는 이에게 원경을 보여줌으로써 큰 꿈을 가지고 비상하는 소망을 심어주고 싶었다. 이별의 시간인지라 서먹서먹했다. 서로 무슨 말을 꺼내야 할지 주저했다. 처음부터 덕담을 꺼낼 수 없어서, 톨스토이와 도스토예프스키 중 누구를 더 좋아하는지 질문을 던져보았다. 예상대로 직원들은 뜨겁게 반응했다. 토론의 열기가 달아오르며 서먹한 분위기가 다소나마 누그러졌다. 이 질문은 엄마, 아빠 중 누구를 더 좋아하는지를 묻는 것과 다름없다.

러시아는 장편의 나라다. 긴 겨울과 대륙의 빈 공간을 시로 채우기에는 애당초 불가능하다. 러시아의 많은 시인이 절명한 이유는 광활한 시간과 공간을 시로 다 채울 수 없어 좌절했기 때문일지 모른다. 러시아에서 이긴다는 의미는 견딘다는 것이며, 살아남는다는 것이다. 공항이나 경기장에서 미동도 없이 긴 줄에 서서 기다리는 사람을 보면서 인내의 DNA가 남다름을 느꼈다.

학창 시절 겨울방학이 시작될 때마다 러시아 장편소설을 읽을 계획을 세웠지만 한 번도 제대로 완독하지 못했다. 등장인물의 이름들이 헷갈리기 시작하는 지점부터 진도가 더 이상 나가지 않았다. 소설책은 책의 기능을 상실하고 이내 라면냄비 받침대로 쓰이곤 했다. 러시아의 19세기 소설은 왜 그토록 길고 복잡했을까. 톨스토이와 도스토예프스키 소설은 넘지 못할 거대한 산맥이었다.

소박한 도스토예프스키 생가 내부

도스토예프스키 생가를 찾아가던 날 이슬비가 내렸다. 길을 찾는 것은 어렵지 않았다. 지하철 도스토엡스카야역에서 내려 그의 이름을 딴 거리를 따라가면 나오기 때문이었다.

모스크바의 도스토예프스키 울리차 2번지는 그가 태어나 16년 동안 살았던 곳이다. 아버지는 자선병원 의사로, 도스토예프스키는 병원에 딸린 작은 숙소에서 유년 시절을 보냈다. 거리와 역은 찾기 쉬웠는데 생가를 쉽게 찾지 못해 동네 사람에게 물어봐야 했다. 러시아인은 작가의 생가를 원형 그대로 보존하지 특별하게 치장하지 않는다. 그들이 살던 집 그대로가 박물관이 된다. 도스토예프스키 박물관만 해도 그가 태어난 모스크바, 수용소생활을 한 옴스크, 죽음을 맞이한 상트페테르부르크 등 다섯 군데가 넘는다고 한다. 이처럼 작가를 대접하는 나라도 드물다.

쥐가 돌아다닐 것 같은 입구, 삐걱거리는 문, 창틀에 내려 쌓인 먼지 등 생가에 들어서자 우울한 분위기가 밀려왔다. 버려진 아이들과 가난한 이들이 찾던 자선병원은 생과 사를 가르던 경계였다. 가장 밝아야 할 유년 시절에 도스토예프스키는 쪽방의 작은 창문 사이로 회색빛 장면을 보며 자랐다. 그의 생가에서 본 것은 유품이 아니라 우울한 과거와 누렇게 변한 침묵이었다.

도스토예프스키가 생의 마지막을 보낸 공간도 궁금했다. 시간을 내 상트페테르부르크로 갔다. 모스크바에서 상트는 780킬로미터 떨어져 있는데, 러시아 기준으로는 먼 거리가 아니다. 아침에 특급

열차 '삽산(Сапсан, 러시아어로 매를 뜻함)'을 타고 가서 저녁에 돌아올 수 있는 거리이다. 우연인지 도스토예프스키가 죽은 장소를 찾아가는 날에도 진눈깨비가 휘날렸다. 도스토예프스키는 죽어서까지 사람을 불편하게 한다는 생각이 머릿속을 스쳤다. 11월 쿠즈네프스키 거리는 을씨년스러웠다. 『죄와 벌』을 썼던 집도 『카라마조프가 형제들』을 쓰고 임종한 곳도 모퉁이집이었다. 유럽을 본떠 세운 상트페테르부르크는 귀족에게는 환상의 공간이었지만, 가난한 작가에게는 불편한 도시였다. 도스토예프스키가 살던 곳은 사창가와 선술집들이 즐비했던 센나야Sennaya 광장 근처였다. 그리보에도프Griboyedov 운하의 흙탕물이 진눈깨비를 연신 받아내고 있었다.

톨스토이, 도스토예프스키는 1820년대에 태어나 차르의 전제정치를 온몸으로 느끼며 동시대를 살았다. 하지만 삶의 행로는 완전히 달랐다. 도스토예프스키가 불우한 학창 시절, 시베리아로의 유형, 간질과 질병 등 정상적인 삶을 살지 못한 반면, 톨스토이는 백작의 아들로 태어나 귀족생활, 방탕과 참회 그리고 종교에의 귀의까지 남부럽지 않은 삶을 살았다.

모스크바 톨스토이울리차 21번지는 톨스토이가 18년을 살았던 공간이다. 시내 한복판에 있는 톨스토이 박물관은 정원이 딸린 2층

집이었다. 집사와 시녀들의 방이 2층에 있고, 1층에는 서재와 거실, 그리고 딸들의 방들이 보존되어 있었다. 가죽 소파와 값비싼 도자기, 정교하게 세공된 가구들이 톨스토이의 풍족한 삶을 보여주고 있었다. 톨스토이의 화려한 문체와 거칠 것 없는 사랑을 주제로 한 소설들이 떠올랐다. 톨스토이는 50대에 접어들면서 화려한 도시 생활을 정리하고 고향인 야스나야 폴라냐로 거처를 옮겼다. 그곳에서 참회록을 쓰면서 농노들과 함께 말년을 보냈다. 자발적으로 선택한 가난이었다.

도스토예프스키는 '아름다움이 세상을 구원한다.'는 유명한 명제를 남겼다. 그의 삶은 결코 아름답지 않았다. 살아 남기 위해 절망 속 어딘가에 숨어 있을 작은 아름다움을 끝없이 찾아 나섰을 뿐이다. 아름다움이 세상을 구원한다는 간절한 믿음으로 고통스러운 삶을 견디어 나갔다. 반면 톨스토이는 '사랑만이 인류를 구원한다.'고 했다. 톨스토이는 사랑을 알지 못했다. 두 살 때 어머니, 아홉 살에 아버지를 여의어 사랑에 목이 말랐다. 결혼 생활도 갈등의 연속이었다. 그는 뒤늦게 세속적 쾌락과 물질로 자신을 구원할 수 없다는 것을 깨닫고 참회록을 쓰면서 큰 사랑을 실천해 나갔다. 도스토예프스키와 톨스토이가 찾아낸 '아름다움'과 '사랑'이란 두 단어는 지상에서 가장 아름다운 언어일 것이다.

러시아인은 과연 누구를 더 사랑하겠는가? 사람을 만날 때마다 물어보았는데 우열을 가릴 수 없었다. 도스토예프스키의 문학이 러시아적이라면 톨스토이의 문학은 세계적이다. 그런 영향인지 국립도서관 앞에는 고뇌하는 도스토예프스키의 동상이 서 있다. 하지만 두 사람의 비교는 애당초 불가능하다. 톨스토이가 해였다면 도스토예프스키는 달이었다. 톨스토이가 삶으로부터 죽음을 생각했다면, 도스토예프스키는 죽음으로부터 부활을 생각했다. 도스토예프스키가 자기 구원에 충실했다면 톨스토이는 민중의 구원에 다가갔다. 둘은 서로 달랐지만 해와 달처럼 동시에 존재했기에 러시아 문학은 더 빛났고 위대했다.

상트페테르부르크 도스토예프스키가 『죄와 벌』을 쓰던 아파트

시월

그냥 떠나보내기 아쉬워
지는 해의 뒷모습을 바라보았다
강 건너 말집이 어둠에 잠길 때까지

그대 떠나는 가을길
밥이라도 먹여서 보냈어야 했는데
찬 바람 소리에
머리칼이 얼굴을 스치는 듯

창문을 꼭 닫아걸고
별 아래 가물거리는 지평선을 바라보다
입술을 깨물고 참아내는 속울음

내일이 없는 사랑

모스크바는 발레와 음악으로 유명하지만 문학의 도시이기도 하다. 푸시킨, 톨스토이, 체호프, 고골, 도스토예프스키 등 문학의 황금세기를 장식했던 세계적인 작가들이 활동한 곳이다. 작가의 흔적을 따라가다 보면 그들은 작품과 함께 살아 있다는 느낌을 받는다. 작가의 이름을 딴 거리, 박물관, 거리마다 서 있는 동상을 쉽게 볼 수 있다.

작가의 발자취를 더듬어가면서 나이 들어 무엇을 할 것인지 고민할 필요가 없다는 것을 알았다. 러시아 장편소설을 읽는 데 줄잡아 몇 년은 걸릴 것 같았기 때문이다. 명색이 러시아문학을 전공했으면서 『전쟁과 평화』, 『고요한 돈강』, 『카라마조프가의 형제들』 같은 장편을 제대로 읽어본 적이 없었다. 러시아문학뿐 아니라 읽어야 할 세계의 고전들은 얼마나 많은가. 입시, 취업, 생계 때문에 제대로 읽지 못했던 명작을 다시 읽어야겠다는 마음을 먹었다.

모스크바가 작가의 도시이지만 소설가에 비해 시인들은 잘 알려지지 않았다. 소설 분야에서는 톨스토이, 도스토예프스키 같은 문학사의 산맥 같은 존재와 솔제니친, 숄로호프, 파스테르나크 등 노벨상 수상자가 있다. 하지만 푸시킨을 제외하고 널리 알려진 시인은 드물다. 노벨문학상을 수상한 브로드스키도 미국에 망명하여 러시아 시인으로 분류하기는 어렵다. 시인 중 푸시킨과 더불어 가장 사랑받는 이는 세르게이 예세닌이다. 그는 청순한 이미지로 러시아의 자연과 정서를 노래해 '러시아의 영혼'이라는 찬사를 받고 있다.

이사도라 덩컨과 예세닌의 행복했던 시간들

서른 살에 자살로 생을 마감한 그의 생가를 찾아가는 발걸음은 무거웠다. 모스크바 도심에 위치한 예세닌이 살았던 집에는 이사도라 덩컨과 함께했던 짧은 시간들이 사진으로 남아 있었다. 예세닌은 순수한 영혼을 가진 청년이었다. 그의 얼굴을 바라보고 있으니 눈동자 속에서 자작나무가 흔들리고 별이 반짝거리는 것 같았다. 세속의 한복판에서 몸부림쳐온 나에게 그의 순진무구한 눈빛은 거울 같았다. 그에게 열여섯 살이나 많은 관능의 무희 이사도라 덩컨은 감당하기 어려운 존재였으리라. 덩컨은 어릴 때 죽은 자기 아들의 환영을 먼 러시아 땅에서 발견했던 모양이다. 덩컨은 예세닌과 불가한 사랑을 통해 아들에게 다하지 못한 사랑을 주고자 했던 것은 아니었을까. 욕망의 불길 위에서 예세닌의 영혼은 타닥타닥 소리를 내며 한 점 재도 없이 사라져갔다. 만약 예세닌이 평범한 사랑을 했다면 절명시를 쓰지 않았을 것이다.

1월 한파가 몰아치던 날 그가 자살한 상트페테르부르크의 앙글레테르Angleterre 호텔을 찾아갔었다. 호텔의 벽면에 '시인 예세닌 1925년 12월 28일 비극적인 자살로 생을 마감하다.'는 표지석이 붙어 있었다. "이 인생에서 죽는다는 것은 새로울 것이 없다. 하지만 산다는 것도 새로울 것이 없다." 잉크 대신 피로 쓴 절명시의 마지막 행이 생각났다. 그는 가고 없지만 한겨울 누군가 가져다 놓은 장미꽃이 그가 아직 살아 있음을 증명하는 듯했다.

상트페테르부르크 문학카페 푸시킨 모형

예세닌뿐 아니라 러시아 시인들의 사랑은 뜨거웠다. 푸시킨도 사랑하는 아내 곤차로바를 위해 목숨을 걸었다. 한 번도 총을 잡아본 적이 없는 작가가 무장 장교와의 결투에서 이기기는 어려웠을 것이다. 푸시킨은 아내를 모욕하는 귀족 장교 당테스와 결투에서 끝내 절명하고 만다. 그가 결투를 위해 거리로 나서기 전 들렀던 문학 카페에 앉아 커피를 마시며 사랑이 목숨을 걸 만큼 위대한 것인지 스스로 물어보았다.

러시아 시인들은 사랑을 하는 데 나이와 과거를 묻지 않았다. 애인에게 줄 선물을 고르며 돈을 셈하거나 출신 성분을 묻지 않았다. 오늘이 아니더라도 내일 사랑할 수 있을 것이라고 말하지 않았다. 사랑하는 순간 모든 것을 던질 줄 알았다. 사랑을 위해서 목숨을 걸었기에 시인의 생애는 너무 짧았다.

후배들이 대학 시절에 무엇을 하는 게 중요하느냐고 물어올 때마다 나는 사랑을 하라고 말했다. 사랑하되 불가능할 것 같은 사랑에 도전하라 했다. 만남을 가볍게 여기지 말고, 두려워지는 상대를 찾아보라고 했다. 사랑이 이루어지면 좋고, 실패한다면 상처는 인생을 사는 데 에너지가 된다고 했다.

러시아 시인은 대부분 이루어질 수 없는 사랑을 했다. 문제는 불가능한 사랑이 아니라 치명적인 사랑을 했다는 데 있다. 소련 시절 혁명기를 가장 뜨겁게 살다간 시인은 마야코프스키다. 예세닌이 서정시인이었다면 마야코프스키는 대표적인 참여시인이다. 러시아 시에는 운율이 있어 낭송회가 일상적으로 열렸다. 마야코프스키는 요즘으로 말하면 '오빠부대'를 몰고 다닌 인기 시인이었다. 그가 시를 낭송할 때면 수천 명의 군중이 광장으로 모여들었다. 모스크바의 중심부에는 레닌 동상 못지 않은 크기의 마야코프스키 동상이 있는데 잘생긴 외모, 이글거리는 눈빛은 그가 만인의 연인이었음을 짐작케 했다.

마야코프스키가 선택한 사랑의 대상은 미모가 뛰어난 여성이 아니었다. 그는 친구이자 문학평론가인 브릭의 아내인 릴리와 사랑에 빠지고 말았다. 문학과 혁명 사이의 괴리가 커질수록 릴리에게서 정신적 위안을 찾았다. 릴리는 남편에게 마야코프스키와의 사랑을 고백하며 헤어지자고 하지만 남편도 부인을 버릴 수 없다고 했다. 두 남자로부터 동시에 사랑을 받은 릴리는 행복한 여인이었을까. 세 사람은 같은 아파트에서 기거하며 한동안 우정과 사랑을 동시에 나눠가졌다. 이 부분이 의아해 소련 시절을 사신 분에게 물어본 적이 있었다. 소비에트시대에는 사상이 연애감정보다 더 중요한 가치이기도 했었다고 한다.

마야코프스키는 점점 이상과 멀어져 가는 사회주의에 대한 회의, 자유롭게 시를 쓸 수 없는 것에 대한 절망, 릴리와의 불완전한 사랑을 이겨내지 못하고 자신의 심장에 권총을 쏜다. 아쉽게 마야코프스키 박물관을 가지 못했다. '수리중'이라는 안내판이 번번이 발길을 돌리게 했다. 그의 흰 드레스셔츠에 난 핏자국. 그는 유서에서 '릴리, 나를 사랑해 주오.'라고 썼는데 외로움이 절절히 느껴졌다. 마야코프스키의 치명적 사랑은 세속적 사랑을 관통하는 한 발의 총성이 아니었을까.

모스크바 시내 마야코프스키 동상

겨울비

일요일 아침
미사곡을 틀어놓고
겨울비 바라본다

적설 위에 떨어지는 비
눈이 녹아 흐른다

자기를 구원할 자
자신이라는 듯

빗물이었던 눈
눈발이었던 비

무반주 성가가
열어둔 창틈으로 빠져나가
빗속으로 스며든다

잣나무 가지에
알알이 맺힌
신의 눈물방울 같은

겨울밤 라라의 사랑 이야기

겨울이 오면 우랄산맥이 있는 동쪽으로 자주 고개를 돌렸다. 잊히지 않는 한 장면이 있었기 때문이다. 백색의 설원을 가르며 증기기관차가 달리고, 내뿜는 연기가 뭉게구름처럼 피어올랐다. 전쟁과 혁명으로 얼룩진 대지를 눈은 잠시나마 동화의 나라로 만들어놓고 있었다. 간이역에서 내린 남녀는 마차를 몰고 폐허가 된 얼음집에 당도했다. 빈 집에는 온기 하나 남아 있지 않았다. 온몸으로 파고드는 추위를 견디기 위해 두 사람은 사랑의 불꽃을 피웠다. 행복도 잠시, 이별의 날은 다가오고 창틀까지 내려온 고드름을 바라보면서 사내는 밤새워 이별의 시를 써 내려갔다. 영화 〈닥터 지바고〉에 나오는 장면이다.

책상 위에 『닥터 지바고』를 다시 꺼내 놓았다. 러시아의 수많은 고전 중에서 『닥터 지바고』가 겨울소설로 가장 어울린다고 생각했기 때문이다. 소설을 읽어나가다가 작품의 무대가 된 모스크바 근교의 페레델키노Peredelkino 작가촌을 방문했다. 아름드리 숲길을 지나자 작은 골목이 나오고 울타리 사이로 이층집이 보였다. 생가는 자작나무와 소나무로 둘러싸여 있었다. 창작의 무대는 나무 한 그루, 돌멩이 하나도 예사롭지 않다. 작가의 냉정과 열정은 활엽수인 자작나무와 침엽수인 소나무숲 사이에서 함께 형성된 것이라고 생각했다.

소설 속의 주인공 지바고는 의사이자 시인이었다. 낮에는 밥벌이를 위해 해부실에서 메스를 잡고 저녁에는 책상 앞에서 시를 썼다. 전쟁과 혁명의 소용돌이 속에서 그는 혁명가도 출세지향적인 의사도 되지 못한 채 회색지대에서 방황했다. 그뿐 아니라 아내인 토냐와 애인인 라라 사이에서 이러지도 저러지도 못하고 연민과 애정을 넘나들었다. 개인적으로 파스테르나크를 좋아하는 이유는 문학성이 뛰어난 부분도 있지만 내 삶의 궤적과 비슷한 점이 있었기 때문이다. 민주화운동의 광풍이 휩쓸던 1980년대에 나는 투사도 학생도 되지 못한 채 건달처럼 살았다. 사회 진출 후에도 낮에는 봉급쟁이였다가 퇴근 후에는 책상 앞에서 꾸벅꾸벅 졸면서 돈도 안 되는 시집을 읽었다. 이러지도 저러지도 못하는 지바고만큼이나 현실과 이상 사이를 오갔다.

파스테르나크 생가를 둘러싸고 있는 자작나무와 소나무는 완벽한 대비였다. 자작나무에서 여성성이, 소나무에서 남성성이 느껴졌다. 나뒹구는 솔방울에서 바람소리가 흘러나왔다. 길게 자라난 고드름을 피해 생가의 문을 열고 들어섰다. 1층은 그가 살던 거실이었고 2층은 서재였다. 해설사는 파스테르나크가 1층에서 휴식을 취하고 2층 서재에서 밤새 『닥터 지바고』를 써내려갔다고 설명했다. 사모바르에서는 차가 끓어 넘치고 그가 피우던 파이프 담배연기가 창

모스크바 근교 파스테르나크 생가

틈으로 빠져나가는 모습이 눈에 선했다.

파스테르나크가 썼던 잉크

2층으로 올라가자 집필할 때 썼던 잉크병과 만년필이 눈에 들어왔다. 집 분위기는 영화 속에서 지바고가 머물던 공간적 정서와 매우 비슷했다. 그는 10여 년에 걸쳐 『닥터 지바고』를 써내려 가면서 암울한 스탈린시대를 견뎠다. 서정시를 쓰기 어려운 광폭의 시대에 『닥터 지바고』를 통해 사회적 모순을 얘기하면서도 문학의 순수성을 지켜나갔다. 지금까지 내가 읽은 소설 중에서 『닥터 지바고』는 서정과 서사, 시와 소설을 자유롭게 넘나드는 가장 아름다운 문학작품이다. 〈닥터 지바고〉 영화를 몇 차례 보았지만 책이 주는 감동을 따라갈 수 없었다. 그의 문장은 영화보다 섬세하고 아름다웠다. 자연을 묘사한 부분은 시보다 더 감각적이고 회화적이었다. 러시아가 자랑하는 작가 중 도스토예프스키가 심리적, 톨스토이가 철학적이라면 파스테르나크는 가장 문학적이다.

소설 『닥터 지바고』는 반체제적이며 자유주의적인 성격 때문에 처음에 러시아에서 출판되지 못했다. 1957년 이탈리아에서 출판된

노벨상 수상자 선정 직후
소감을 밝히는 파스테르나크

『닥터 지바고』로 파스테르나크는 이듬해 노벨문학상 수상자로 선정된다. 하지만 기쁨도 잠시, 자유주의적 소설로 낙인이 찍혀 추방의 위기에 놓이게 되자 조국을 떠난 작가는 더 이상 살 수 없다며 끝내 수상을 거부한다. 한 손에 술잔을 들고 비장하게 노벨상 선정 소감을 밝히는 한 장의 흑백사진이 벽면에 걸려 있었다. 열띤 얼굴에는 작품성을 인정받은 것에 대한 환희와 함께 수상자 선정에 따른 두려움이 교차하고 있었다. 스탈린시대의 예술과 문학은 당파성이 가장 중요한 요소였다.

2층에서 내려와 마지막 숨을 거둔 침실로 가보았다. 하얀 시트 위에는 반쯤 시든 장미꽃이 놓여 있고 창가에는 그의 얼굴을 본뜬 데드마스크가 있었다. 공개적으로 알리지 않았는데 그의 마지막을 배웅하기 위해 시민의 장례행렬이 수백 미터에 달했다고 한다.

지바고가 사랑했던 '라라', 만일 내가 그녀를 알았더라도 사랑할 수밖에 없었을 것 같다. 라라는 왜 사랑스러운 여인이었을까. 라라는 사랑의 대상이자 연민의 대상이기도 했다. 라라는 고교 시절 어머니의 정부에게 순결을 빼앗기고 만다. 그녀는 이성적으로는 정부를 거부하면서도 육체적으로는 욕망에 이끌리는 자신의 이중성에 환멸을 느낀다. 육체와 이성, 현실과 이상 간의 처절한 내면의 싸움이 그녀의 깊이와 매력을 만들었다. 인간은 누구나 이중적이다. 피카소의 〈자매〉라는 그림에는 창녀와 수녀가 된 쌍둥이가 그려져 있는데, 라라는 결핍 때문에 사랑스러웠고 욕망 때문에 아름다웠다. 라라는 애정 없는 결혼을 한 후 뒤늦게 지바고를 만나 사랑의 감정을 느꼈지만 이루어질 수 없는 사랑이었다.

지바고와 라라의 사랑이 빛났던 것은 내일을 알 수 없는 현재성에 있었다. 1차 세계대전, 혁명, 내전이 차례로 이어지던 시기로 늘 죽음의 그림자가 따라 다녔다. 전쟁과 혁명이 있었기에 그들의 사랑은 빛났고 이별은 참혹했다. 고난은 사랑을 더 비극적으로 만들었고 비극적인 사랑은 불멸의 사랑을 완성했다. 늑대의 울음소리가 턱 밑에서 차오는 죽음의 계곡을 관통하면서 사랑마저 없었다면 어떻게 참혹한 시간을 견디어낼 수 있었겠는가.

러시아는 추위 때문에 사람들이 기피하지만, 추위 때문에 살 만한 곳이기도 하다. 몰아치는 폭설과 북풍은 사람과 사람 사이를 더 가깝게 만든다. 아주 멀리 있는 봄 햇살은 그리움을 샘솟게 한다. 창밖에 눈보라가 몰아치는 밤이면 라라와 지바고의 마가목 열매처럼 붉은 사랑을 떠올렸다. 파스테르나크가 십여 년 동안 채워 나갔을 원고지를 생각하며 한 장 한 장 소설책을 넘겼다.

범우사에서 출판된 『닥터 지바고』의 표지에는 "그들의 애정은 그들 자신보다는 발 밑의 대지와 머리 위의 하늘과 구름, 수목들이 원하고 있었다. 오~ 내사랑 라라."라고 쓰여 있었다. 라라와 지바고의 사랑은 끝나지 않았다. 소설을 읽거나 영화를 감상하고 있는 연인들의 가슴에 지금도 계속되고 있다고 표현하는 것은 지나친 과장일까.

마음의 서쪽

당신이 서쪽으로 떠난 뒤
나는 동쪽이 되었습니다

당신이 눈발 속으로 사라진 뒤
나는 파도처럼 일렁거렸습니다

텅 빈 대합실에서 책을 읽다가
돌아서길 하루 이틀 사흘

침묵을 싣고 기차는 떠나고
플랫폼에는 갈매기 울음만 가득합니다

당신이 자작나무를 스칠 때
나는 등대처럼 반짝였습니다

당신이 간이역을 지나쳐갈 때
나는 종착역이 되었습니다

나는
아무것도
바라지 않는다

내가 기억하는 자유라는 코드에 가장 어울리는 사람은 체 게바라와 니코스 카잔차키스가 아닐까 싶다. 검은 베레모와 모터사이클은 체 게바라의 상징이자 자유의 상징이다. 그는 모터사이클로 남미 전역을 여행하다가 핍박 받는 민중의 삶을 보면서 혁명의 길로 들어선다. 전도 유망한 의과대학생의 기득권과 높은 지위의 안락한 삶도 거부한 채 죽을 때까지 자유인으로서 혁명의 길을 갔다.

체 게바라가 총을 들고 자유를 추구했다면 펜으로 자유를 추구한 사람은 카잔차키스다. "나는 아무것도 바라지 않는다. 나는 아무것도 두려워하지 않는다. 나는 자유다." 카잔차키스가 생전에 남긴

묘비명이다. 수많은 이들이 『그리스인 조르바』를 읽으며 열광하는 이유는 우리가 살고 있는 공간이 이미 감옥으로 변해 버렸기 때문일 것이다. 빵을 위해서는 자유를 포기해야 하고, 자유를 위해서는 배고픔을 감내해야 하는 것이 현실이다. 자유와 평등은 애초부터 공존할 수 없는 단어인데 민주주의는 마치 실현 가능한 것처럼 두 개념을 포괄하고 있다.

카잔차키스가 나고 자란 크레타Crete는 자유의 피가 배인 땅이다. 오스만제국의 지배, 터키와의 오랜 내전, 그리스 본토와의 갈등 속에서 민중의 삶은 피폐해져 갔다. 카잔차키스는 러시아혁명 이후 노동자가 주인이 되는 참 세상이 북쪽에 열렸다는 소문을 듣고 1925년 러시아를 처음으로 방문했다. 공산주의가 세상을 어떻게 변화시켜 놓았는지 두 눈으로 확인하기 위해서였다.

카잔차키스는 크레타 섬을 출발해 성소피아성당이 보이는 보스포루스Bosporus 해협을 통과한 후 흑해에 들어선다. 잔잔한 흑해를 따라 사나흘을 북쪽으로 더 항해한 끝에 우크라이나에서 두 번째로 큰 도시인 오데사에 다다른다. 그리고 기차를 타고 광활한 흑토가 펼쳐지는 키예프를 거쳐 모스크바까지 올라간다.

1917년 러시아혁명 후 프롤레타리아가 주인이라는 땅에서 그가 찾은 것은 무엇이었을까. 그는 러시아 대륙을 여행하는 동안 '보이지 않는 것을 보았다.'고 했다. 보이지 않는 존재란 신도, 어떤 형이상학적 의식도 아니며 정해진 목표를 향해 앞으로 쇄도해 가는 사람의 힘이라고 기행문에서 표현했다. 열린책들에서 발간된 그의 책 『러시아기행』과 『영혼의 자서전』에 들어 있는 러시아 편을 읽으며 공감이 가는 대목마다 밑줄을 쳐보았다.

"살아남아야 한다는 절심함, 이것이 러시아에서 최고의 관심사다." "합리적인 유럽인과는 달리, 러시아인은 모순을 자기 안에서 화해시키는 본래적인 재능이 있다." "세계에서 유일하게 사람의 대화가 돈이라는 주제를 놓고 지루하고 고통스럽게 맴돌지 않는 곳이 바로 러시아다." "러시아문학은 아름다움을 넘어서 종교적, 윤리적, 형이상학적 목표를 추구한다." "레닌은 하나의 암호다. 그분은 벌써 인간적인 차원을 넘어서 전설의 영역에 들어가고 있다." 등등.

카잔차키스가 러시아에서 체류한 기간은 세 차례에 걸쳐 약 2년간이다. 북쪽의 무르만스크에서부터 동쪽의 블라디보스토크까지 카잔차키스는 북국의 광야에서 자유를 찾아 헤맸다. 여행하는 동안 작가 고리키를 만나고, 낯선 이들과 밤을 지새며 토론을 벌이고, 정교성당에서 기도를 올리기도 했다. 하지만 공산주의 땅에서 그토록 갈망하던 자유와 평등을 그는 끝내 찾지 못했던 것처럼 보인다.

카잔차키스가 춥고 어두운 러시아를 동경했다면, 나는 모스크바에 사는 동안 따스한 남쪽이 그리웠다. 낮게 깔린 먹구름을 빠져나와 사철 햇살이 눈부신 곳에서 어둠에 젖은 피부를 말리고 싶었다. 겨울 동안 햇볕을 받지 못하면 비타민D 결핍현상이 생기기 때문에 일광욕이 필요했다. 러시아에 살면서 이루고 싶은 꿈 중의 하나가 크레타를 가보는 것이었다. 그곳은 넘실대는 파도와 빛나는 햇살이 있기도 했지만, 오랫동안 동경해 온 카잔차키스의 자유를 직접 느껴보고 싶어서였다. 그 꿈을 이루는 것은 어렵지 않았다. 러시아인이 가장 선호하는 여행지는 이집트, 터키, 그리스다. 이들 나라는 따스하고 햇살이 풍부할 뿐 아니라 물가 또한 유럽의 도시보다 싸 패키지 상품들이 많이 출시되어 있었다.

새벽 세 시 도모데도보 공항에서 출발하는 전세기를 타고 새벽 여섯 시 크레타의 헤라클리온Heraklion 국제공항에 내렸다. 4백여 명의 관광객 중에 동양인은 내가 유일했다. 아마도 러시아인은 나를 자국의 고려인으로 생각하는 것 같았다. 공항을 빠져 나와 십여 분을 달리자 에게해의 쪽빛 바다가 일렁거렸다. 산중턱에는 올리브나무가 서 있고, 그 사이로 양들이 마른 풀을 뜯고 있었다. 허물어진 성곽, 파도에 깊게 패인 방파제, 빛나는 모래톱 등 크레타섬이 마치 카잔차키스의 영혼 위에 떠 있는 느낌이 들었다. 크레타는 시간의 섬이었다. 2천 년의 에게문명이 사라지지 않고 층위를 형성하고 있었다.

카잔차키스는 왜 에게해와 지중해 너머의 러시아를 동경했을까. 조정권 시인은 「산정묘지」에서 "가장 높은 정신은 가장 추운 곳을 향한다."고 노래한 바 있다. 카잔차키스는 내가 아는 작가군 중에서도 가장 높은 정신의 소유자였다. 비록 섬에서 태어났지만 그의 정신은 대륙을 지향했다. 그의 정신은 높았지만 삶은 아래로 향했고, 스스로를 자유인으로 규정했지만 부자유했다.

크레타의 붉은 저녁놀을 배경으로 북쪽을 바라보았다. 섬에서 불러보는 대륙의 노래. 첫 시집에 들어 있는 "그대가 꿈꾸던 그 곳이 육지가 아닌 또 하나의 섬이었다면 그대는 두 발을 어디로 향하시겠습니까."라는 시구를 떠올렸다. 자유로운 영혼의 소유자인 카잔차키스에게 크레타는 너무 작은 공간이었을 것이다. 카잔차키스는 자유를 찾아 떠났지만 소련도 그가 방황을 끝내고 영원히 정착할 수 있는 땅은 아니었다.

크레타섬의 저녁

소련 시대가 가고 빵을 위해 줄을 서지 않아도 되는 러시아 시대가 왔다. 카잔차키스는 지구상에서 유일하게 돈이 대화의 주제가 되지 않는 곳을 소련이라고 했는데, 러시아는 자본의 땅이 된 지 오래다. 지구상에서 빈부 격차가 가장 큰 국가 중 하나다. 자본화 과정에서 국유재산을 사유화한 일부 세력이 요트를 타고 지중해를 누릴 때 대다수 서민은 마른 빵을 사 들고 귀가한다. 지상에는 독일산 명차가 넘치는데 지하 전동차 안에는 노동자로 발 디딜 틈이 없다. 더 놀라운 것은 불평등에 무감각하다는 점이다. 오랫동안 사회주의체제에 순응한 탓일까. 불만은 많은데 사람들은 표현하지 않는다.

돈이 대화의 주제가 되지 않는 세상, 종교가 감옥이 되지 않는 세상, 인간이란 단어 아래 모두가 형제가 되는 세상, 그런 곳이 지구상에 남아 있을까. 카잔차키스는 죽지 않고 자유의 땅을 찾아 지금도 우리의 가슴 위를 걷고 있는 것만 같다.

크레타

역사가 된 사람이 있다
그가 대륙보다 너른 자유를 가졌다면
지구는 사람이 낳은 알일 수 있겠다

누군가가 내 몸을 여행할 때
바다가 없다면 산이 없다면
그 대륙은 얼마나 삭막할 것인가

바다를 보고 싶다는 건
몸 안에 파도가 없다는 말
산이 그리워진다는 건
몸 안에 그늘이 없다는 말

어깨 들썩이는 울음이 파도를 낳고
몸부림이 그늘을 치기도 하지
파란 지붕의 성당 옆으로 지나가는
바람의 여행자를 본다

이룰 수 없는 것을 이루려고
찾을 수 없는 것을 찾으려고
먼 대륙을 돌고 돌아온
바람의 자서전

크레타 항구

샤갈의
눈 내리는
마을

청년기를 보냈던 안암동에 '샤갈의 눈 내리는 마을'이라는 간판을 단 카페가 있었다. 조용한 분위기는 김춘수 시인의 시를 떠올리게 했다. 눈 내리는 날이면 카페에 앉아 시집을 읽었다. 새로운 인연이 나타나기를 기다렸는지도 모른다. 배가 고팠지만 애정이 더 고팠던 시절이었다. 재수를 끝내고 대학에 입학하면 좋은 일이 생기는 줄 알았다. 도서관에서 여자친구와 나란히 앉아 공부를 하는 게 꿈이었다. 촌놈에게 세련된 서울 여자가 다가오는 행운이 생길 리 만무했다. 세상 고민을 다 짊어진 사람처럼 인상을 쓰며 잡기장에 말도 안 되는 낙서를 써 내려가던 날들이었다.

샤갈을 프랑스 화가로 착각하기 쉽지만 러시아 화가다. 엄밀히 말하면 소련에서 독립한 벨라루스 공화국의 비쳅스크Vitsebsk 태생이다. 제정러시아 이후의 작품을 전시하고 있는 트레치야코프 갤러리 신관에 가면 칸딘스키, 샤갈, 말레비치 등 러시아 근대 화가의 작품을 감상할 수 있다. 그곳에는 혁명 이후의 이념에 물든 작품도 볼 수 있는데 가장 이목을 끄는 작품은 샤갈의 대표작인 〈도시 위로(Over the town)〉이다. 작품 연도를 보았다. 작은 안내판에는 러시아혁명이 진행되던 1914~1918년 사이의 작품으로 기록되어 있었다.

〈도시 위로〉는 회색시대에 원색의 옷을 입은 연인이 도시에 작별을 고하며 하늘로 날아가는 작품이다. 전쟁과 혁명의 시기에 얼마나 삶이 고단했으면 하늘로 나는 꿈을 꾸었던 걸까. 캔버스 중앙에는 비쳅스키의 집과 성당이 평화롭게 펼쳐져 있고 그 위로 연인이 구름처럼 날아간다. 그림을 더 자세히 보기 위해 다가서니 생경한 장면이 나타났다. 화폭 하단에 한 사내가 엉덩이를 드러낸 채 변을 보고 있었다. 샤갈은 아름다운 작품에 왜 이질적인 장면을 그려 넣었던 것일까. 서적과 인터넷을 뒤져도 그에 대한 설명을 찾을 수 없었다. 화폭 속의 보일 듯 말 듯 그려진 사내가 암울한 시대를 대변하는 것 같았다. 신혼생활을 막 시작한 샤갈은 아내 벨라에게 동화 같은 꿈을 보여주고 싶었던 것 같다. 샤갈의 화려한 색상은 어두운 현실에 대한 저항이자 희망의 불씨였다.

김춘수 시인은 "샤갈의 마을에는 삼월에도 눈이 온다."고 노래했는데, 실제로 샤갈이 살았던 비쳅스크에는 시월에도 오월에도 눈이 온다. 러시아에서 눈은 낭만이 아니라 생활이다. 눈이 내리면 밤새워 제설차가 거리를 오간다. 세찬 폭설이 내려도 도로가 막혔다는 얘기를 들어보지 못했다. 직업이라지만 밤새 눈을 치우는 공무원, 참으로 박수를 받아야 할 사람이라는 생각이 들었다.

10월 9일 모스크바에 첫눈이 내렸다. 눈은 혁명처럼 하루아침에 세상을 뒤바꿔 놓았다. 창밖을 보니 아직 떨어지지 않은 붉은 사과 위에 눈이 쌓여 있었다. 강변의 시들지 않은 들풀이 일찍 찾아온 추위 앞에서 새파랗게 떨고 있었다. 철 모르는 박새들만 이게 무슨 일이냐는 듯 나무 꼭대기를 분주히 옮겨 다녔다.

러시아인은 첫눈을 기다리지 않는다. 첫눈이 온다고 문자를 보내거나 만나자는 약속을 하지 않는다. 첫눈은 겨울의 시작을 알리는 신호탄이기 때문이다. 첫눈이 내리고 나면 사람의 말수가 줄어들고 표정이 어두워진다. 낮게 깔린 구름 아래 지긋지긋한 날들이 오리라는 걸 직감적으로 알고 있기 때문이다.

일주일째 폭설이 내린 1월 중순, 샤갈의 마을 같은 낭만적인 공간을 찾으려고 외곽으로 나가 보았다. 모스크바 인근의 아르한겔스코예 공원은 한적했다. 울창한 침엽수림 숲을 지나 꽁꽁 얼어붙은 모스크바강까지 내려가 보았다. 눈 위에 눈이 쌓여 들과 강의 높이가 엇비슷해진 거대한 설원이었다. 강을 따라 걷다 보면 굴뚝 너머로 연기가 올라가는 샤갈의 마을 풍경이 나올지 모른다고 기대했다.

세찬 바람이 황금소나무 가지를 흔들 때마다 눈이 은빛으로 흩날렸다. 설원에 발자국을 남기며 걷다가 뒤돌아보기를 반복했다. 신생의 아침을 보는 것 같았다. 한참을 걷다가 눈밭 위에 대大자로 누워보았다. 몸이 눈 속에 뽀드득 소리를 내며 깊이 잠겼다. 내 몸을 받아준 눈은 침대보다 포근했다. 눈의 입자는 비단처럼 보드라웠다. 눈은 벽이 되어 바람 한 점 새어 들지 않았다. 눈을 감고 얼음장 아래 강물 소리에 귀를 기울여보았다. 아무것도 들리지 않았다. 다시 눈을 떠 하늘을 올려다보았다. 회색 구름이 빠르게 지나갔다. 내가 누워 있는 곳이 천상이고 먼 하늘이 지상 같았다. 천국이란 바로 이런 느낌, 가슴이 벅차올랐다.

겨울을 나는 동안 눈은 나에게 종교였다. 하염없이 쏟아지는 눈을 보고 있으면 눈이 맑아지고 마음이 정화되었다. 이런 저런 걱정이 생기는 날에는 야밤에 눈밭으로 나가 기도를 올리기도 했다. 얼음장 위에서 떨리는 가슴으로 올리는 기도는 따스했다. 눈 위에서 무릎을 꿇고 올리는 기도는 간절했다. 어쩌다 눈물이 샘솟아 젖은 눈으로 하늘을 올려다보기도 했다. 가슴 밑바닥부터 올라오는 기도는 화살처럼 날아가 사랑하는 이에게 전달될 것이라고 믿었다. 소리 없이 내리는 눈은 신의 음성이었다. 가슴으로 들어온 침묵의 언어는 한 편의 시가 되기도 했다. 러시아에서 쓴 시의 절반 이상이 눈을 소재로 한 작품이었다.

〈봄을 기다리는 마음〉(알렉산더 실로프)

겨울을 나는 동안 빨강, 파랑, 노랑의 색상을 띤 샤갈의 마을을 끝내 찾지 못했다. 내가 살던 마을에는 겨울 내내 하얀 눈만 내렸다. 수천 수만의 눈들은 날개를 달고 내려와 지붕과 공장의 굴뚝을 뒤덮었다. 불안과 초조를 덮어주었다. 하지만 눈이 내릴수록 사람들은 원색의 꿈을 꾸었을 것이다. 성당의 수녀님은 화병

〈도시 위로〉

에 나무줄기를 꽂아놓고 싹이 돋아나기를 기다렸을 것이다. 막사에 묶여 있는 말은 들판을 뛰어다닐 봄날을 기다렸을 것이다. 샤갈의 마을은 지상에 없지만 봄을 기다리는 자의 가슴 속에 원색으로 자리잡고 있었을 게 분명했다.

5월 7일 모스크바에 눈이 내렸다. 막 새싹을 틔우기 시작한 사과나무 가지에 눈이 살포시 내려앉았다. 손가락을 대자마자 눈이 녹아 흘러 파란 실핏줄 속으로 흘러 들어오는 것 같았다. 오월에 내리는 눈, 첫눈이 내린 날을 기억하지 못하지만 끝눈이 내린 날을 기억하고 싶었다. 잊지 못할 첫사랑의 이별처럼 일기장에 '5월 7일 모스크바에 끝눈이 내렸다.'고 메모를 했다.

첫눈은 혁명처럼

사상을 팔던 혁명기가 있었지
협동농장에서 노동을 팔던 소련도 저물고
몸을 파는 자본의 시대가 왔지

한 끼의 마른 흑빵을 사기 위해
영혼마저 팔고 돌아서던 길
발 아래 밟히던 첫눈은 어떠했을까

낙엽의 거리에 눈이 내리면
발자국 무성했던 대지도 시리지 않겠다

간밤 당신이 그리 오시려고
자다 깨다 반복했었는지
창밖 내미는 손길 위에 첫눈

돈강에 뜨는 별

러시아가 소련이었을 때 유학을 와 20년 넘게 러시아에 살고 있는 선배에게 가장 인상적인 장면을 물어보았다. 선배는 주저 없이 백야에 배를 타고 볼가강을 따라 내려가던 장면이라고 대답했다. "보드카에 취해 쓰러졌다 깨어보니 얼굴 위로 온통 별들이 쏟아졌어, 한참 동안을 갑판 위에 그대로 누워 있었지, 학창 시절 빵에 들어갔던 생각도 들다가, 헤어진 애인도 떠올렸다가 그렇게 새벽을 맞이했지……." 지인들이 볼가강 크루즈 여행을 권했으나 실천에 옮기지 못했다. 북쪽에서 남쪽으로 강을 따라가는 데 무려 한 달이 걸리는데 월급쟁이가 무슨 재주로 시간을 낼 수 있었겠는가.

모스크바는 바다가 없는 닫힌 공간처럼 보이지만 사실은 운하로 다섯 개의 바다와 연결된 열린 공간이다. 여름이면 배를 타고 북쪽으로는 백해와 발트해, 남쪽으로는 흑해, 카스피해, 아조프해까지 닿을 수 있다. 집 앞으로 모스크바강이 흐르고 있어서 봄부터 가을까지 배가 오가는 것을 쉽게 볼 수 있었다. 오월 초 운하가 열리면 선착장의 배들은 하루라도 빨리 강으로 나가기 위해 안달하는 것 같았다. 오월의 강은 갓 부화한 병아리처럼 촐싹거렸다. 여름이 되면 은모래를 가득 실은 바지선들이 북에서 남으로 볼가강을 따라 내려왔다. 나는 유람선이 지나갈 때마다 손을 흔들면서 기회가 되면 배를 타고 남쪽으로 가봐야겠다고 생각했다.

우랄산맥 서쪽을 적시며 흐르는 강 중에 볼가강과 돈Don강이 가장 크다. 러시아인은 볼가강을 어머니의 강이라고 부른다. 볼가강은 유럽에서 제일 긴 강으로 모스크바 북쪽에서 발원하여 카스피해까지 약 3,700킬로미터에 이른다. 라디오 프로그램에서 볼가강을 소재로 한 〈볼가강의 뱃노래〉나 〈스텐카 라진〉이라는 민요를 한 번쯤 들어보았을 것이다. 라진은 농민 혁명가로 포로로 잡았던 페르시아 공주에게 사랑을 느끼게 되자 흔들리는 마음을 다잡기 위해 공주를 볼가강에 던졌다는 일화로 유명하다. 양식이 부족하던 시절, 볼가강에서 먹을 것을 구하기 위해 많은 사람이 뱃사공이 되었다. 지금은 볼가강을 따라 니즈니노브고로드Nizhny novgorod, 카잔, 볼고그라드Volgograd, 아스트라한Astrakhan 등 공업도시들이 발전해 경제의 한 축을 담당하고 있다.

크고 화려한 볼가강에 비해 돈강은 잘 알려지지 않았다. 모스크바 남서쪽에서 발원한 돈강은 자분자분 흐르다가 아조프해로 들어간다. 돈강 주변으로는 이렇다 할 도시도 없고, 농사를 지으며 살아간다. 돈강이 유명한 것은 한 소설가 때문이다. 노벨문학상 수상작가인 미하일 숄로호프의 『고요한 돈강』을 떠올리며 비행기를 타고

미하일 숄로호프 동상

남쪽으로 갔다. 남부에서 가장 큰 도시인 로스토프나도누Rostov-On-Don에서 내려 다시 차를 타고 돈강이 보이는 아조프해까지 갔다. 아조프해는 2,000킬로미터를 흘러온 돈강이 마지막으로 대지와 작별하는 지점이기도 하다. 러시아 남쪽의 기후는 한반도보다 온화했고 바람에는 날이 서 있지 않았다.

돈강은 시골처녀처럼 다소곳했다. 돈강 주변에 펼쳐지는 밀밭, 억새들의 흔들림, 오리나무 사이로 띄엄띄엄 시골 마을이 보였다. 돈강 유역에는 그 흔한 자작나무가 없었다. 시월에 파종한 밀이 흑토 위로 파란 싹을 드러내놓고 있었다. 강과 들이 서로 어깨 높이를 나란히 하고 있어 하나의 들판처럼 보였다. 강은 바다를 향해 아주 먼 길을 달려왔는데도 지친 기색이 없었다. 평평한 들판과 소곤소곤 대화를 나누며 흘러왔을 강물, 한 마디로 돈강은 고요였다.

돈강의 잔잔한 물살에 비해 소설 『고요한 돈강』에 나오는 주인공의 삶은 고요하지 못했다. 1차 세계대전이 끝나자마자 발발한 러시아 혁명은 돈강을 피로 물들였다. 대지에 뿌리를 내리고 순박하게 살아가던 카자흐인은 적군과 백군으로 나뉘어 서로의 심장에 총부리를 겨누었다. 한국에서 1948년 일어난 여순사건 때 한마을 사람들이 빨치산과 경찰로 나뉘어 비극적인 싸움을 벌였던 것처럼 카자

흑인들도 동족 간에 적의를 불태웠다.

주인공 메데호프는 살아남기 위해 백군과 적군 그리고 반란군 사이를 넘나들었다. 그의 심장에는 카자흐인의 피가 흐를 뿐 이념이나 사상 따위는 없었다. 그 참혹한 혁명과 내전의 시기에도 얼음장을 뚫고 나오는 새싹처럼 사랑은 피어났다. 주인공 메데호프는 순박한 아내 나탈리아와 관능적인 여인 아크시냐 사이에서 이루어질 수 없는 사랑을 했다. 아마도 생과 사의 갈림길에서 사랑만이 그에게 유일한 탈출구였을 것이다. 숄로호프가 『고요한 돈강』을 통해 그리고자 한 세상은 무엇이었을까. 자연은 고요한데 인간은 왜 전쟁을 하고 불가능한 사랑을 꿈꾸냐고 묻는 것 같았다.

돈강이 내려다보이는 지점에서 갈대 무성한 상류 쪽을 올려다보았다. 레닌 동상을 지나 할머니 한 분이 강으로 내려오고 있었다. 할머니는 11월 29일 처음으로 돈강에 얼음이 얼었다고 설명했다. 모스크바보다 한 달 보름 정도 늦은 시기에 영하로 기온이 떨어졌다. 할머니는 마치 가이드인 양 이곳저곳을 안내하며 돈강에 얽힌 이야기 보따리를 풀어놓았다. "여기서 배를 타면 모스크바까지 갈 수 있어. 삼 년 전 손주들과 함께 배를 타고 모스크바까지 갔었지. 큰 도시에 도착하면 배에서 내려 낮 동안 박물관 등을 둘러보다가

밤에 다시 배를 타고 이동했어. 배를 타고 가면서 손주들에게 동화책을 읽어주었는데 한국 동화도 있었지."

할머니는 대학을 졸업한 엔지니어였다. 돈강 하류의 조선소에서 일하며 자식 다섯 명을 길러내셨다고 자랑했다. 소련과 러시아 두 시절 중 언제가 더 행복했느냐고 물었다. 할머니는 쓸데없는 질문이라는 듯 소련은 소련대로 러시아는 러시아대로 좋다고 답했다. 짐짓 심각하게 물었는데 할머니에게는 유치한 질문이었나 보다. 예나 지금이나 밥 먹고 살면 그만이라는 투였다.

고즈넉한 돈강 전경

뭍에서 섬으로 이어진 현수교를 건너자 할머니 주변으로 들고양이가 몰려들었다. 열 마리가 넘어 보였다. 할머니는 매일 아침 강변으로 산책을 나오면서 고양이 밥을 챙겨 오셨다. 『고요한 돈강』을 읽었는지, 숄로호프를 직접 본 적이 있는지 다시 여쭤보았다. 할머니는 기세를 올려 숄로호프가 중요한 행사가 있을 때마다 강연을 했었다고 설명했다. 상류 쪽으로 100여 킬로미터 정도 가면 그의 생가가 나온다며 손가락을 가리켰다. 생가까지 택시를 타고 가기는 너무 긴 여정이었다.

소음이 들끓는 세상, 잔물결도 일지 않은 돈강은 고요했다. 그 고요 속에서 나는 날개를 접은 한 마리 나비였다. 기회가 되면 돈강에서 배를 타고 볼가강으로 가봐야겠다고 생각했다. 갑판 위에 누워서 들의 숨소리와 강물이 뒤척이는 소리를 들어보고 싶었다. 행여 낯선 처자라도 만난다면 별을 바라보며 밤새워 술을 마시다 함께 춤이라도 춰볼까.

그 겨울의 끝

강 건너가 그립더니
건너갈 수 없는 심연이 그리워지더니
사나흘 귓불을 스치던 북풍에 강이 얼고
그대를 찾아 얼어붙은 강을 건너갔더니

눈보라 거세게 휘날리더니
폭설은 돌아갈 길마저 지워버리더니
벌판 끝 성당의 불빛만 희미하게 반짝이고
프레스코화 속 성모는 근심에 젖어 있더니

다시 강 건너가 그리워지더니
털모자를 쓰고 집을 나서던 날들이 그립더니
잠에서 깬 햇살에 강이 녹기 시작하고
그 강을 건너올 수 없더니

겨울을
건너가는
법

내 마음의 횡단열차

한번쯤은 시베리아 횡단열차를 타는 꿈을 꾸었으리라. 서울에서 걸려온 전화를 받을 때마다 친구들은 횡단열차를 타고 싶다는 소망을 피력하곤 했다. 어차피 실행에 옮기기 어렵다는 것을 알고 있었다. 예상했던 대로 러시아에서 살았던 4년여 동안 시베리아를 횡단한 지인은 없었다. 심지어 내가 만났던 러시아인 중에서도 기차로 대륙을 횡단한 사람은 없었다. 대학에서 언어학을 가르치는 친구가 이르쿠츠크에서 모스크바까지 절반의 구간을 탑승한 것이 전부였다.

블라디보스토크에서 출발해 모스크바까지 9,288킬로미터, 54개의 정차역, 장장 6박7일을 달려야 하는데 보통의 인내심으로는 감당할 수 없는 시간과 거리이다. 자고 일어나면 눈 쌓인 벌판과 성당, 또 자다 일어나면 자작나무와 전나무숲이 나오는 게 대부분이다. 가는 곳마다 비경이 펼쳐지고 일출과 일몰이 깃드는 파노라마를 기대하는 것은 금물이다. 울란우데에서 이르쿠츠크까지 바이칼 구간을 지나면 모든 풍경은 엇비슷해진다.

스스로 심심해지기를 원하는 사람, 시베리아 횡단이 아니라 자기 자신을 횡단해 보고 싶은 사람, 철제 감옥에 갇혀보고 싶은 사람, 기차바퀴 소리를 교향곡으로 바꿔 들을 수 있는 사람, 장편소설이라도 한 권 쓸 계획이 아니라면 횡단열차 탑승은 고행의 길이다. 횡단열차를 꿈꾸는 사람 중에는 금발의 미인을 만나는 환상을 갖기도 한다. 샤프카를 쓴 아름다운 여인과 함께라면 칠 일이 아니라 칠 년이라도 달릴 수 있으리라. 굳이 창밖을 바라보지 않더라도 그녀의 숨소리와 달빛에 빛나는 머리카락의 흔들림만으로도 황홀할 수 있다. 경험상으로 운명적인 만남은 복권 당첨만큼이나

〈미지의 여인〉(이반 크람스코이)

어렵다. 인연은 엇박자가 나기 쉬워 기차에서 내려 막 플랫폼을 빠져나가는 순간 차창에 비치던 미인을 몇 차례 보았을 뿐이다.

러시아는 기차의 나라다. 철도의 총연장 길이가 8만 킬로미터가 넘는다. 기차를 타고 시베리아의 크고 작은 도시는 물론 우크라이나, 폴란드, 베를린, 핀란드 등 유럽까지 갈 수 있다. 기차의 나라에서 세 가지 기차와 관련된 꿈을 꾸었다. 시베리아 횡단, 남·북·러 철도 연결 사업, 모스크바에서 상트페테르부르크까지 기차여행이었다.

세 가지 꿈 중 두 개는 이루지 못했고 하나는 이루었다. 시베리아 횡단은 아직도 진한 아쉬움으로 남아 있다. 시베리아의 일부 구간을 여행했지만 6박7일 동안 쉼없이 달려보지 못했다. 그래서 옴스크, 톰스크, 노보시비르스크Novosibirsk 등 횡단열차가 정차하는 도시들이 가슴 속에 끊어진 채 남아 있다. 비록 러시아의 곳곳을 누비며 다녔어도 시베리아를 횡단한 사람 앞에서는 저절로 고개가 숙여질 수밖에 없다.

사업적으로는 남·북·러 철도를 연결하는 프로젝트를 추진했었다. 눈이 내리던 1월, 거대한 스탈린 건축물인 러시아 외교부 청사에 들어가 티모닌 특명대사에게 사업의지를 밝히던 장면이 눈에 선

모스크바 근교를 오가는 일렉트릭치카

시베리아 횡단열차(블라디보스토크역)

하다. 남북관계가 경색된 상황에서 세 차례에 걸쳐 시베리아 석탄을 러시아 하산과 북한의 나진을 통해 우리나라로 들여왔다. 프로젝트의 최종 목적은 자원의 수입이 아니라 분단의 철길을 잇는 작업이었다. 부산에서 기차를 타고 평양, 청진을 거쳐 블라디보스토크, 모스크바, 유럽까지 철의 실크로드를 만드는 것이었다. 국경이 없는 우리에게는 대륙을 향한 꿈과 대륙의 기질을 되찾을 수 있는 좋은 기회였다. 의지만 있다면 길은 만들어지기 마련이다. 남북관계가 냉탕과 온탕을 반복해 오가고 있지만 언젠가는 내가 이루지 못한 꿈이 이뤄지리라고 믿는다.

마지막 기차와 관련된 소망은 여인과 함께 기차여행을 해보는 일이었다. 소설 『안나 카레니나』의 브론스키 백작처럼 운명 같은 사랑을 꿈꾸었을지 모른다. 건설회사에 다니던 소냐가 있었다. 그녀는 크림반도 출신이었다. 낮에는 직장에서 밤에는 레스토랑에서 아르바이트를 하며 낯선 모스크바에 적응해 가고 있었다. 그녀에게 지나가는 말로 시간 날 때 페테르부르크에 가자고 제안했다. 그로부터 서너 달이 흘렀을까. 새해가 왔다. 새해에는 열흘 간의 긴 공휴일이 이어진다. 도시는 텅 비고 대부분의 레스토랑은 문을 닫아 집에 있을 수밖에 없다. 휴대폰을 만지작거리다 소냐에게 문자를 보냈다. 그녀 또한 할 일 없는 내 처지와 비슷했던지 회신이 왔다. 시내에서 만나 차를 마시며 안부를 물었다. 그녀의 친구가 페테르부르크에 살고 있다는 얘기를 했다. 즉석에서 기차표를 예매했다.

밤 열한 시 페테르부르크행 기차가 출발하는 레닌그라드Leningrad 역은 한산했다. 고향으로 돌아간 사람들은 파티를 열며 이야기꽃을 피우고 있을 시각이었다. 우리는 객차에 올라 짐을 풀고 자리에 앉았다. 그녀는 고향으로 가는 표를 구하지 못해 모스크바에 남았다고 했다. 그녀는 크림반도의 아름다운 자연에 대한 이야기 보따리를 하나둘 풀어놓았다. 간간히 말뜻을 이해하지 못할 때는 영어로 통역을 해나갔다. 전쟁, 종교, 미래로 이야기의 주제가 이어지는 사이 시간은 자정을 훌쩍 넘겨 새벽 2시를 향해 달리고 있었다. 종착역인 페테르부르크역까지는 4시간을 더 달려야 했다. 밖으로 나가 차장에게 녹차 한 잔을 사 들고 와서 그녀가 말하는 아름다운 크림반도를 떠올렸다. 만일 자유인이라면 한 달 정도 크림반도의 얄타에서 살아보고 싶다는 생각이 들었다.

희미한 불빛 아래 그녀의 행색은 초라해 보였다. 러시아 여인들은 겨울에 부츠를 신는데 그녀는 단화를 신고 있었다. 모피 대신 낡고 얇은 점퍼를 걸치고 있었다. 손톱에는 흔한 매니큐어 자국도 보이지 않았다. 칠흑 같은 어둠을 뚫고 기차는 느리게 노변의 눈을 흩

날리며 달렸다. 이따금 신호등 불빛이 스쳐 지나갔고 다차의 불빛이 멀리서 빛났다. 와인을 마셔도 취하지 않았다. 두 시 넘어 소냐는 차창에 기대어 잠이 들었다. 짙은 눈썹 아래 깊은 눈, 하얀 피부와 갈색의 머리, 슬라브족과 크림타타르족의 혼혈이었다.

나는 혼자 앉아 창밖을 보며 메모지를 꺼내 들었다. 도무지 잠이 오지 않았다. 지바고가 이별을 앞두고 밤새워 시를 썼듯 책을 읽다가 문득 시상이 떠오르면 메모를 해나갔다. 안나 카레니나는 이루어질 수 없는 사랑을 했기에 비극적이면서도 아름다웠다.

소냐는 점점 깊은 잠에 빠져들었다. 그녀의 고단한 삶이 돌아누운 어깨 위로 비치는 듯했다. 어둠은 더욱 짙어지고 파지는 점점 쌓여갔다. 새벽녘 차창에 기대어 잠깐 조는 사이에 종착역을 알리는 안내방송이 들려왔다. 그 짧은 순간 나는 꿈속에서 꿈을 꾸고 있는 것 같았다. 모스크바에서 페테르부르크까지의 거리는 짧았고, 자정부터 새벽까지의 시간은 더욱 짧게 느껴졌다.

설원의 불빛

기차의 칸칸은 말줄임표
저녁 여섯 시 침묵을 울리며
이르쿠츠크행 기차가 수문을 돌아나가네
어제는 열두 량 객차가 지나더니
마흔 개가 넘는 화차가 꼬리를 물고서
점점 아득해져 가는 부호 속에는
고생대의 불씨를 간직한 석탄이 숨쉬고
도시를 떠나는 누이도 잠들어 있겠다
기차가 지나간 뒤 설원에 쓰여질
이깔나무 가는 잎새들의 서정시
기적을 울리며 산길을 지날 때마다
옛사랑도 잠결 속을 다녀가겠다
경사 깊은 통나무집에 야생차가 끓고
우랄산맥 넘어 바이칼호 지나
기차의 꽁무니를 따라가다 보면
샤프카를 쓴 여인이 눈을 맞고 섰을까
극동행 마지막 열차가 떠나간 뒤
텅 빈 철교 위에 빛나는 불빛

가도 가도 지평선

겨울 동안 해를 자주 볼 수 없어 힘들었지만 시간이 지날수록 변화 없는 대지가 더 지치게 만들었다. 나는 산과 바다를 보며 자랐다. 눈을 뜨면 산의 정상이 가장 먼저 들어왔다. 가슴 앞자락에 긴 그림자를 드리운 앞산은 큰 스승이었다. 숙제를 내준 적도 말한 적도 없는데 울림이 컸다. 산은 미래로 가는 관문이자 삶의 고단함을 가르쳐준 장애물이기도 했다.

바다는 어떤가. 해를 안고 바다에 나갔다가 해를 등지고 집으로 돌아오곤 했다. 파도에 휩쓸려 죽을 고비도 넘겼다. 뻘밭에 빠져가며 조개를 캐 바위 틈에서 구워 먹으며 자랐다. 무엇보다도 하루

두 번 밀물과 썰물의 변화는 돌아서는 자의 쓸쓸함과 기다림을 알게 했다. 페로몬을 머금은 개펄은 폐부 깊숙이 에너지를 주었다. 귓전의 파도 소리는 수평선 밖으로 나를 태워 보냈다. 깊은 밤에 듣던 파도의 적막, 그 소리를 잊을 수 없다.

모스크바에서는 산을 볼 수 없었다. 언덕도 없었다. 가장 높은 언덕은 모스크바대학 앞의 참새동산 정도다. 산을 보려면 비행기를 타고 우랄산맥 쪽으로 2천여 킬로미터를 날아가야 했다. 바다도 없었다. 북쪽 핀란드만으로 800킬로미터를 더 올라가야 파도 소리를 들을 수 있었다. 굴곡 많은 산하에서 살아온 사람에게 바다가 없는 도시는 유리창 없는 밀실이었다. 도시는 무한히 열려 있지만 닫혀 있었다. 둥근 상자 같은 방사형 도시에 어둠이 차곡차곡 쌓여갔다.

러시아인 중에는 평생 산과 바다를 보지 못한 사람이 더러 있다. 타이가지대 한복판에서 살고 있는 이에게 바다는 동경의 대상일 뿐이다. 러시아인은 무표정하다고들 하는데 평평한 자연을 닮았기 때문이다. 그들은 단순하다. 전쟁과 혁명을 지나온 탓인지 삶과 죽음에 비교적 초연하다. 온몸을 태울 듯 사랑하다가 냉정하게 돌아선다. 속내를 모르겠다며 그들을 크렘린에 비유하는데 우리가 너

크렘린 전경

무 복잡해서 이해하지 못하는 것일 수 있다. 유리창이 없는 대륙의 밀실, 겨울과 여름, 백야와 흑야, 전쟁과 평화, 중간지대를 허락하지 않는 환경 속에서 그나마 위안을 준 것은 지평선이었다.

가을이 가까워지면 시선을 자연스럽게 먼 곳으로 향했다. 여과 없이 쏟아지던 햇살이나 젊은 여인의 깊게 패인 가슴골도 보이지 않았다. 색이 사라진 지상의 끝에 4B연필로 그은 듯 선명하게 떠오르던 지평선. 술을 많이 마신 다음 날은 지평선이 더 가깝게 다가오고 너와 나, 과거와 현재 사이에도 지평선이 걸리는 듯했다. 철새들은 소실점을 향하듯 지평선 쪽으로 날았고, 석양녘 지평선 너머로 사라지는 비행기도 뚜렷했다.

겨울이 오기 전에 많은 사람이 떠나갔다. 샤샤도 지평선을 넘어갔다. 강 건너 희미하게 반짝이는 말집의 불빛. 그녀는 승마 강사였다.

"모스크바에서 일해 봐야 남는 게 없어요. 엄마처럼 답답하게 살고 싶지 않아요. 유럽으로 떠날 거예요. 비자를 신청했는데 한 달쯤 걸린다네요."

그녀의 부재가 지평선처럼 선명했다. 그녀는 떠나고 철새는 날아가고 꽃잎이 지고, 도시 전체가 어둠 속에 잠겼다.

눈이 쌓이기 전에 지평선을 넘어가기로 했다. 지구는 둥글어 지평선을 만날 수 없다는 걸 알았지만 지평선의 부재와 부재의 존재를 확인하고 싶었다. 적금을 쌓듯 수직으로 살고 있는데 횡으로 열리는 세상을 보고 싶었다. 주유소에 들러 연료통을 채웠다. 북쪽으로 가면 노브고로드Novgorod , 상트페테르부르크에 닿고, 남쪽으로 가면 칼루가Kaluga를 거쳐 우크라이나로 갈 수 있다. 서쪽으로 가면 스몰렌스크Smolensk, 벨라루스공화국, 동쪽으로는 블라디미르Vladimir, 니즈니노브고로드, 카잔에 닿는다. 어느 쪽을 선택하든

차이는 없었다. 사방에 별 다른 산이 없고 지루한 대지가 펼쳐지기 때문이다.

서쪽으로 달려보기로 했다. 스몰렌스크로 가는 중간에 나폴레옹과의 전투를 벌이던 보로디노Borodino 평원이 있었기 때문이다. 지평선을 향해 차를 몰았다. 길이 어디까지 이어질지 알 수 없었다. 지평선을 향해 달리는 것은 이루어질 수 없는 사랑을 향해 맹목적

보로디노 벌판 추모탑

으로 몸을 던지는 사내의 객기와 다를 바가 없었다. 최선을 다했다는 것만으로 사랑을 완성하겠다는 심사와 같았다. 4차선 도로 옆으로 키 큰 전나무와 소나무들이 줄지어 서 있었다. 중간 중간에 작은 마을과 다차가 나타났다 사라지기를 반복했다.

모스크바로부터 120킬로미터 지점에 있는 보로디노 평원. 나폴레옹은 8월 말, 55만의 군대를 이끌고 보로디노에 도착했다. 수도 방어를 책임진 러시아 총사령관 쿠투조프는 일전을 벌인 후 퇴각을 명령했다. 명분을 앞세운 비겁한 전투가 아니라 비난을 무릅쓴 용맹스러운 퇴각이었다. 크렘린의 고관대작들은 러시아의 자존심을 짓밟았다며 당장 잘라야 한다고 목소리를 높였다. 나폴레옹은 러시아군이 사라진 평탄한 길을 따라 쉽게 모스크바에 입성했다. 세계 정복의 꿈이 이루어지는 순간이었다. 하지만 승리의 환희도 잠시, 화염에 휩싸인 모스크바에는 아무것도 남아 있지 않았다. 나폴레옹은 러시아군을 추격하는 것을 포기하고 회군할 수밖에 없었다. 그해 10월 보로디노를 지나 다시 프랑스로 돌아간 군인은 3만 4천여 명에 불과했다.

프랑스 연합군이 러시아를 공격한 것은 9월초, 나폴레옹은 러시아의 추위 때문에 패한 것이 아니었다. 유럽의 산악지대를 호령하던 그는 가장 낮고 볼 품 없는 대지에 무릎을 꿇었다. 가도 가도 끝없는 지평선 앞에서 절망할 수밖에 없었다. 평화가 전쟁을 이긴 것이다. 나폴레옹은 전투에서 승리하고 전쟁에서 패했다. 톨스토이는 소설 『전쟁과 평화』에서 "쿠투조프의 인내와 시간이 나폴레옹의 과감한 행위를 이긴 것이다."라고 설명했다.

보로디노를 지나 스몰렌스크 쪽으로 더 달렸다. 땅거미가 드리워지기 시작했다. 주유소 간판도 보이지 않았다. 빈 마음을 달래줄 한 잔의 블랙커피가 그리웠다. 한참을 달려도 길은 끝날 줄 모르고 이어졌다. 다가간 만큼 지평선은 다시 멀어졌고 조금만 조금만 힘을 내라고 유혹하고 있었다. 빛이 사라지고 지평선이 보이지 않는 지점에 이르러 차에서 내렸다. 손을 내밀어도 찬 공기만 잡힐 뿐 아무것도 없었다.

내가 찾는 사랑도 진리도 끝내 닿을 수 없는 지평선과 같을 것이다. 나는 지평선 밖으로 빠져 나갈 수 없고 넘어설 수도 없다. 지평선은 가장 낮았지만 가장 높았다. 눈앞에 있었지만 가장 멀리 있었다. 창 틈으로 매캐한 연기가 들어왔다. 벌목공들이 쌓아놓은 잡목 사이에서 작은 불꽃이 일었다. 명왕성보다 더 큰 광활한 대륙, '러시아는 이성으로 이해할 수 없고, 자로 잴 수 없으니 그냥 느껴야 한다.'는 튜체프의 시를 떠올렸다.

지평선은 없다

사랑에 빠진 이의 두 눈에는
아득한 지평선이 걸린다
지평선은 넘을 수 없는 벽
그곳에 가면 그대 있을까
벌목공들이 낸 숲길을 따라서
저녁놀이 타는 지점까지 가보았네

손에 잡힐 듯 잡힐 듯하였는데
그대는 그만큼 멀어져갔네
지평선은 나를 가둔 감옥
넘을 수 없는 선
숲에서 돌아와 자리에 누우면
그대도 왼편에 나란히 눕고
당신과 나 사이에 걸린 지평선
그 너머에서 가물거리는

이름을
떠올리기만
하여도

돌아보면 아찔한 순간이 많았다. 타이가지대를 날아가던 낡은 헬기가 수직으로 급강하한 경험도 있었다. 기름은 떨어져가는데 눈보라에 갇혀 차가 꼼짝하지 못하던 순간도 있었다. 위기의 순간마다 나도 모르게 입에서는 외마디 기도가 새어 나왔다. 남을 서운하게 했던 장면도 빠르게 뇌리를 스쳐갔다. 하지만 반성도 잠시, 위기를 모면하자마자 아무렇지도 않다는 듯 '나는 역시 운이 좋은 놈이야.'를 되뇌곤 했다.

정말 운이 좋았던 것일까. 시간이 흐를수록 꼭 그것만은 아니었다는 생각이 든다. 십여 년 전 돌아가신 할머니는 새벽 어스름을 뚫고 장승고개까지 올라가 첫 샘물을 떠놓고 빌고 또 빌었다. 팔순을 넘긴 노모는 매일 새벽 4시면 일어나 새벽기도를 올린다. 할머니의 치성, 어머니가 올리는 통성기도가 험난한 세상 속에서 나를 지켜준 것은 아니었을까. 나는 무신론에 가깝지만 기도의 힘만은 절대적으로 믿는다. 누군가를 위해 올리는 간절한 기도는 에너지로 바뀌어 전달된다고 확신한다. 기도는 간절함으로 나누는 하늘과의 대화이다. 이문재 시인은 "가만히 눈을 감기만 해도, 노을이 질 때 발걸음을 멈추기만 해도, 말없이 누군가의 이름을 부르기만 해도 기도하는 것이다."고 화살기도의 의미를 설명했다.

새해를 맞아 마음을 다잡기 위해 모스크바 시내를 벗어나 러시아 정교의 본산인 세르기예프 포사트Sergiev Posad를 찾았다. 십여 일간 이어지는 연휴여서 인적은 드물었다. 눈 덮인 들판은 고요했다. 차창을 열자 매서운 한기가 코끝을 자극했다. 차를 타고 가다가 정류장에서 버스를 기다리는 사람을 보았다. 찬 바람이 숭숭 들어오는 양철지붕의 간이정류장에서 한 사내가 자신의 외투로 여인을 꼭 감싸고 있었다. 백미러를 통해 그들의 모습을 다시 보았다. 빛나는 아침이었다. 사랑은 누군가를 위해 기꺼이 바깥이 되어주는 것. 비록 자동차도 두꺼운 외투도 장만하지 못한 가난한 연인이었겠지만 따스한 심장은 칼바람을 녹이고도 남을 것 같았다.

세르기예프 포사트

한 시간여를 달려 작은 도시 세르기예프 포사트에 도착했다. 러시아에서 최초로 지어진 성 세르게이 수도원을 쉽게 찾지 못했다. 수도원이 한때 요새로 사용되어 회색의 높은 성벽에 둘러싸여 있었기 때문이었다. 아치형 출입구를 통과하자 성삼위일체성당, 성모승천성당이 한눈에 들어왔다. 러시아 성당은 대체로 화려하다. 붉은 광장의 바실리를 비롯해 성당은 황금색이나 푸른 돔을 이고 있어서 얼핏 보면 이슬람의 모스크 분위기를 자아냈다.

성당 한가운데 우뚝 솟은 종루를 둘러보고 있는데 검은 망토를 걸친 수사가 성호를 그리며 다가오고 있었다. 털모자를 눌러써야 할 정도로 추운 날인데 수사는 맨발이었다. 그의 수염 끝에는 작은 고드름이 맺혀 있었다. 세속과 단절된 채 생활하는 수사가 죄를 지었을 리는 없었을 것이다. 대체 그는 누구를 위해 참회의 기도를 올리고 있었을까.

연전 상트페테르부르크의 카잔성당 앞에서 보았던 비둘기의 붉은 발이 떠올랐다. 비둘기는 눈밭에 빗살무늬 발자국을 남기며 먹이를 찾고 있었다. 비둘기는 배를 채우기 위해 지상으로 내려왔던 반면 수사는 비우기 위해 눈밭 위에 맨발의 발자국을 남기고 있었다. 인간의 죄를 대신 지고 간 성자의 핍박과 고행이 겨울 벌판에 눈처럼 빛나는 듯했다. 가슴이 울컥하면서 뜨거운 기운이 목을 타고 올라왔다. 그동안 내가 지었던 모든 죄들이 다시 한 번 떠오르는 듯했다. 나도 누군가를 위해 기도하고 있는 걸까.

러시아는 종교의 나라다. 영혼이 깃든 나라다. 러시아를 여행할 때 정교성당이 보이지 않는다면 그곳은 러시아 땅이 아니다. 도시는 물론 시골의 작은 마을을 가더라도 정교성당을 볼 수 있다. 집집마다 성소에 이콘화를 모셔놓고 기도를 올린다. 러시아정교는 국민의 일상뿐 아니라 역사·정치·문화 등 모든 요소에 깊이 뿌리내리고 있다. 러시아가 정교를 받아들인 때는 988년으로, 그리스정교는 러시아정교로 발전했다. 그리스정교를 받아들인 이유로 러시아를 동로마제국에 이어 제3의 로마로 부르는 사람도 있다. 종교는 민중을 지배하는 수단이기도 했다. 하지만 러시아에 종교가 없었다면 전쟁과 고난을 어떻게 견딜 수 있었겠는가. 빵 한 조각 구하기 어려웠던 차르시대에 농노는 예수의 고난을 생각하며 기나긴 밤을 새웠을지 모른다. 세계대전 중에 어머니는 전쟁터로 나가는 아들의 손에 성화를 쥐어주면서 제발 살아 돌아오라고 간절한 기도를 올렸을 것이다. 소련이 붕괴된 후 생계를 위해 어쩔 수 없이 몸을 팔던 여인도 집으로 돌아와 성화에 머리를 기댄 채 회한의 눈물을 흘렸을 수도 있다.

추위를 녹일 겸 성당 안으로 들어가 천정을 올려다보았다. 천정 돔에서 예수가 한없이 자애로운 눈으로 내려다보고 있었다. 성화는 오랜 세월에 색이 바래져 있었지만 예수의 눈빛만은 형형했다. 양초 세 자루에 불을 붙이고 성화 앞에서 기도를 올렸다. 기도하는 순간 발끝부터 심장을 돌아 머리끝까지 피가 도는 것이 느껴졌다. 마음이 따스해지니 한기도 느껴지지 않았다. 성당에서 나오니 다시 진눈깨비가 날렸다. 출입문 옆 기념품가게에 들러 이콘인 '블라디미르 성모'를 샀다. 성모가 예수를 안고 있는 블라디미르 성모는 전쟁으로부터 러시아를 지켜준 기적의 이콘으로 러시아인이 가장 신성시한다. 아기 예수는 해맑게 웃는데 성모는 근심스러운 표정이다. 어머니의 마음이란 늘 그런 것이다. 아니 예수의 운명을 성모는 이미 알고 있었다.

비둘기가 삼삼오오 모여 있는 성모의 문을 향해 발걸음을 돌렸다. 소원을 빌고 돌아가는 이들의 발걸음은 한결 가벼워 보였다. 충만한 기도가 아우라를 형성해 내딛는 발걸음마다 광채가 빛나는 듯했다. 문을 나서기 전에 다시 뒤돌아 80여 미터에 이르는 종루를 올려다보았다. 겨울바람에 종들이 흔들리고 있었다. 겨울 하늘에서 들려오는 끊어질 듯 끊어지지 않는 종소리. 영혼의 녹이 뚝뚝 떨어져 내렸다. 마음을 울렸다. 녹슨 내 몸도 망루의 종과 같을지 모른다고 생각했다. 불과 세 시인데 땅거미가 짙게 깔리기 시작했다. 붉은 보르쉬 수프 한 그릇을 생각하며 불을 밝힌 카페로 발걸음의 속도를 높였다.

동지

죽을 고비도 있었겠지
눈앞이 캄캄해지던
아슬아슬한 순간도 많았지만
누군가 손을 내미는 듯하였지
침묵이 켜켜이 쌓인
지하 동굴수도원에서 올리는
어머니의 새카맣게 떨리는
기도제목 같은

백야에 쓰는 편지

신은 공평했다. 동지 때는 오전 10시에 해가 떠 오후 3시면 어둑해지더니, 하지 때는 오전 3시에 해가 떠 오후 10시를 넘겨서야 어둠이 깃들기 시작했다. 일 년의 빛과 어둠을 더해 둘로 나누면 북반구나 남반구나 일조량은 엇비슷해질 것 같았다. 그러니 삶이 어둡다고 불평할 일이 아니다. 기다리면 빛은 공평하게 내리비친다. 그 빛을 모아 겨울을 대비하면 된다. 일을 마치고 건물 밖으로 나오는데 해가 중천에 걸려 있었다. 집으로 돌아갈 수 없었다. 얼마나 기다렸던 여름날인가. 난 생일을 기억 못 하고 결혼기념일도 잘 챙기지 않는다. 무슨 날을 잡아 부산을 떠는 것을 경계한다. 하지만 오래 기다려온 하지를 특별히 기념하고 싶었다. 하늘의 빛을 온몸으로 받으면서 어떻게 해가 지고 뜨는지 확인하고 싶었다.

태양은 5월 중순부터 급격히 고도를 높이기 시작하여 하지에 절정에 달했다. 태양의 고도가 높아지면 6월과 7월 사이에 하얀 밤이 펼쳐지는데 백야는 어디서나 볼 수 있는 현상이 아니다. 어둠과 절절하게 싸워본 자만이 볼 수 있다. 백야는 북위 60도 이상의 러시아, 스웨덴, 핀란드 같은 나라에서 펼쳐진다.

어디로 갈까 망설이다가 아르바트 거리로 갔다. 아르바트 거리는 모스크바에서 빼놓을 수 없는 곳으로 관광객들로 붐빈다. 오후 8시를 넘긴 시각, 거리에는 빛이 넘쳐났다. 귀가를 서두르는 사람은 보이지 않는다. 나는 테라스가 넓은 카페에 앉아 맥주 한 잔을 시켜놓고 해가 지기를 기다렸다. 시집을 읽다가 해가 어디쯤에 있는지 하늘을 올려다보고, 맥주를 한 모금 마시다가 웃음꽃을 피우며 지나치는 여인들을 보았다. 여인들은 옷을 걸친 듯 만 듯했다. 깊게 패인 상의 위로 가슴 굴곡이 드러나고 치마는 여름밤만큼이나 짧아 보였다. 그러고 보니 백야 시즌이 되면 잠을 깊게 자지 못했다. 여름이 지나고 나면 체중이 빠져 있었다. 커튼을 쳤어도 창밖에 빛이 있다는 것을 생각하면 잠이 오지 않았다. 어디 그뿐이었을까. 거리에서 보았던 반라의 여인들, 공원에서 일광욕을 하는 사람들, 그야말

아르바트 거리의 화가

로 시선을 어디에 두어야 할지 몰라 고개를 숙일 때가 많았다.

지하철 아르바트스카야역에서 스몰렌스카야역까지 약 2킬로미터의 거리. 카페에서 일어나 스몰렌스카야역 쪽으로 다시 걸었다. 거리 중간에 화가들은 초상화를 그리고 있고, 집시들은 공연을 펼쳤다. 버스킹을 감상하다가 아르바트 거리 3분의 2 지점쯤 갔을 때 작은 골목이 나왔다. 골목의 벽면은 어지러운 낙서들로 가득 차 있고 붉은 글씨로 '그대 영혼은 영원하리라.'는 낙서가 보였다. 소련 시절 록 가수로 명성을 날렸던 고려인 3세 빅토르 최를 추모하는

아르바트 거리 빅토르최 추모벽

공간이었다. 소련이 멸망하고 그가 죽은 지 삼십 년이 다 되어가는데도 젊은이들은 그를 록의 전설로 여기며 꽃을 바치고 있었다.

그가 살았던 1980년대는 소련의 마지막 시기로 배고픔이 극에 달하던 시기였다. 사람들은 마른 흑빵과 계란을 배급받기 위해 아침마다 길게 줄을 섰다. 고려인 아버지와 우크라이나 어머니 사이에서 태어난 빅토르 최는 미술을 전공했으나 학교에서 퇴학을 당하고 본격적으로 록에 빠져들었다. 먹을 것은 부족하고, 개인의 자유는 억압받던 시기에 그는 빵 대신 자유를 노래했다. 사람들은 소련의 개혁 개방을 앞당기는 데 빅토르 최가 크게 기여했다고 평가한다. 그의 앨범 속에 들어 있는 반전, 평화, 사랑의 구호들은 우울한 시대에 떠 있는 '태양이라는 별'이었다. 전쟁터로 나가는 병사들, 담뱃값도 없는 친구들, 술에 취해 겨울밤을 방황하는 인간들, 신경안정제를 먹고 잠이 든 사람들의 목소리를 록 음악에 실어 절규했다.

백야가 절정에 이르던 1990년 6월 24일, 모스크바 올림픽 루즈니키 경기장에 성화가 타올랐다. 올림픽 경기가 아니라 록 그룹의 콘서트를 알리는 성화였다. 그는 7만여 명이 운집한 관객 앞에서 기타를 치며 자유를 노래했다. 관객은 음악에 맞춰 혁명의 붉은 깃발이 아니라 빈손을 흔들었다. 그것은 자유의 몸짓이었다. 소련이 붕괴된 것은 전쟁과 혁명이 아니라 자유에의 함성 때문이었는지도 모른다. 루즈니키 경기장을 거쳐 일터로 나갈 때마다 빅토르 최의 마지막 공연 장면이 떠오르곤 했었다. 그는 소련이 해체되고 자유가 찾아오는 것을 보지 못한 채 1990년 8월 15일 라트비아의 리가에서 교통사고로 28세에 절명했다. 그의 생은 백야처럼 짧았다. 하지만 그의 노래가 지금도 러시아 전역에 전설로 살아 있음을 아르바트 거리는 말해 주고 있다.

10시쯤 되자 하늘에서 유정이 불타는 것처럼 붉은 기운이 솟구치기 시작했다. 태양은 자신의 모든 것을 태우겠다는 듯 장엄한 다비식을 진행했다. 태양빛을 받으며 젊은 연인이 진한 키스를 나누었다. 땅으로 드리워진 긴 금발 끝자락에 노을이 반사되었다. 붉은 기운이 조금씩 가시자 하늘 위에 구름들이 섬처럼 떠올랐다. 사람의 손으로는 그릴 수 없는 한 편의 명화였다. 어느 화가가 천지의 느낌을 화폭에 그대로 옮겨놓을 수 있겠는가. 고흐의 〈밤의 테라스 카페〉라는 작품이 생각났다. 고흐는 카페에 앉아 테라스의 분위기를 화폭에 담았다. 그는 검정 물감을 사용하지 않고 밤을 그렸다. 고흐도 밤이 어둡지 않다는 것과 어둠 속에 빛이 있다는 것을 알았던 것 같다. 적막이 감도는 남프랑스의 시골 마을인 아를의 한 카페에서 고흐는 살아 있는 생명력을 느꼈던 것 같다.

11시가 넘어서야 비로소 어스름이 짙어지기 시작했다. 운동장에서 시끄럽게 놀던 아이도 돌아가고, 아파트의 불도 꺼지기 시작했다. 불타오르던 백야의 절정이 서서히 끝나가고 있었다. 하지가 지나면 어둠의 질량은 짙어져간다. 태양은 정상에서 내려와 긴 내리막길을 가야 한다. 시시포스가 밀어 올린 거대한 바위처럼 태양은 다시 굴러 떨어질 것이다. 어둠 속에 잠기는 태양의 뒷모습을 보았다. 쓸쓸하지 않았다. 꿋꿋하게 정상에 오른 후 후회 없다는 듯 구름 속으로 사라지고 있었다.

우리네 삶도 절정의 순간은 매우 짧다. 입시, 취직, 결혼 등 삶의 고비 고비를 힘겹게 오르지만 절정은 자기도 모르게 지나치고 만다. 나에게 절정의 순간은 언제였던가. 아직 오지 않은 것인가. 눈이 침침해지는 걸 보면 나도 삶의 내리막길에 접어든 것 같은데, 아직도 20대인 듯 새로 연애를 시작할 수 있을 것만 같았다. 절정의 순간을 떠나보내고 집으로 돌아와 자리에 누웠다. 몸은 피곤한데 쉽게 잠이 오지 않았다. 두세 겹의 커튼을 내렸는데 빛이 새어 들고 있었다. 누군가 부르는 듯해 나가보면 두 시, 쪽잠을 자다가 다시 나가보면 세 시, 침대에서 일어나 창가로 다가갔다. 밖은 어둡지 않았다. 묽은 잉크를 뿌려놓은 듯 사방이 푸른빛을 띠고 있었다. 백야가 아니라 청야였다. 수묵화처럼 은근한 새벽녘, 강 위로 안개가 흐르고, 강 건너 숲에서 잠들지 못하는 새들이 지저귀고 있었다. 백야는 너만 잠들지 못하는 게 아니라고, 너만 아픈 게 아니라고 속삭여주는 듯했다.

백야

날밤을 새우고 있는 게지
사랑을 잃고 밤새 깡술을 마시거나
하늘에 파란 잉크를 뿌려놓은 듯
만년필을 꺼내어 편지라도 써야 하는가
은세계 공원으로 가는 다리 위에는
수줍게 반달이 걸려 있는데
레닌 동상 너머 태양은 유정처럼 불타고 있다
해가 지지 않았는데 달은 떠오르고
북국에서는 밤도 사무쳐온다
달무리에 젖어드는 저녁놀
겨울을 생각하면 잠들지 못하겠더라
밤기차는 갈비뼈를 흔들며 지나고
하늘에 매달려 천정화를 그리고 있는 듯
지평선 위 구름에 번지는 파스텔화
천지창조 같은, 눈이 멀도록
그대를 생각한다는 것

하지 백야(23시 30분)

수녀원에 촛불을 밝히다

생각해 보면 세상을 살아가는 방법은 두 가지인 것 같다. 하나는 더하고 쌓는 것이고, 다른 하나는 버리고 비우는 것이다. 대부분은 전자를 선택한다. 더하고 쌓는 쪽은 타인과의 경쟁을 동반한다. 그 싸움은 토너먼트처럼 잔인하지만 최종 승자는 없다. 버리고 비우는 삶을 선택하는 사람은 매우 드물다. 그것은 자신과의 싸움이다. 그 싸움은 식물성이며 지지 않는 게임이다. 승자가 없기에 패자도 있을 수 없다.

12월 31일 하루만이라도 비우고 싶었다. 한 해 동안 잔인한 싸움을 했다는 생각이 들었다. 하루하루 쌓인 죄와 욕망이 가슴 근처를 지나 목까지 차오른 느낌이었다. 수도원으로 가는 길은 멀지 않았다. 모스크바 한가운데 있었다. 수도원이라면 벼랑 끝이나 사람의 발길이 닿지 않는 곳에 있는 것이 일반적인데 의아했다. 언제부터 노보데비치Novodevichy는 수도원이 되었을까. 기록을 보니 16세기 초 바실리3세가 스몰렌스크를 정복한 기념으로 세운 성당이라고 나왔다. 처음부터 수도원은 아니었다.

노보데비치는 '새로운 처녀'라는 어원을 가지고 있다. 지금은 노보데비치 수녀원으로 불린다. 바실리3세는 아이를 못 갖는다는 이유로 부인 살로메야를 성당에 유폐시켰다. 단지 그 때문이었을까. 정교는 배우자만 허락하는데, 새로운 여인을 아내로 맞기 위해 바실리3세가 부인을 유폐시켰을 가능성이 높다. 살로메야처럼 권력투쟁이나 사랑에서 밀린 여인들이 노보데비치에서 죽음을 맞았다. 노보데비치는 청빈, 금욕을 실천하는 성소이자 한번 들어가면 나올 수 없는 죽음의 공간이기도 했다. 표트르 대제에 저항했던 그의 누이 소피아도 이곳에 유폐되어 쓸쓸히 죽어갔다.

노보데비치 외곽의 성벽을 따라 걸어보았다. 노보데비치는 호수와 수녀원, 공원묘지로 구성되어 있었다. 채 얼어붙지 않은 호수에 비친 수녀원은 수줍은 처녀 같았다. 성당의 첨탑들은 인간을 압도하

노보데비치 수녀원

지 않았다. 세속과 성소의 사이에 있는 붉은 성벽은 건널 수 없는 이승과 저승의 경계이기도 했다. 호수길을 돌아 수녀원 안으로 들어가보았다. 한파가 몰아쳐 오후 세 시에 불과한데도 인적이 뜸했다. 건조한 탓에 발꿈치가 터져 디딜 때마다 통증이 무릎까지 올라왔다. 수사들이 고행을 하듯 진눈깨비를 맞으며 회벽을 따라 천천히 걸었다. 잎새를 떨군 자작나무 아래 멈춰 눈을 감고 고해성사를 했다. 내가 사랑할 수 없지만 신께서 가여운 여인을 사랑해 달라고 기도했다. 한참 동안 기도를 하다 보니 신에게 구원을 요청하는 것이 아니라 내가 나를 용서하고 있었다.

성벽을 따라 두어 바퀴를 돌고 나자 몸과 마음이 한결 가벼워졌다. 성당 안으로 들어갔다. 성호를 긋고 기도를 한 후 성화에 입과 이마를 맞추는 여인들이 보였다. 수녀들은 불빛 아래서 성서를 읽고 있었다. 한 해를 마감하는 날 미사포를 쓴 여인들의 눈은 눈물로 젖어 있었다. 가슴에서 우러나오는 눈물로 세례를 받고 새날을 맞이하고 있었다. 90루블에 양초 세 자루를 사서 모자상 아래 밝혀두고 기도를 올렸다. 신께서 기도를 받아주면 좋고, 안 받아 주어도 위안을 받을 수 있으면 그만이라고 생각했다. 난 종교에 상관없이 성전을 갈 때마다 기도를 빠뜨리지 않았다. 종교의 길은 서로 다를 수 있지만 신은 하나라고 믿기 때문이다.

성당의 여인

성당 밖으로 나와 남쪽의 공원묘지로 발걸음을 옮겼다. 명사들이 묻힌 묘지라는 말만 들었지 한 번도 가보지 못했었다. 묘지에 들어서자 아름다운 조각공원에 온 느낌이 들었다. 발레리나의 나는 듯한 동작, 장군의 전투장면, 바이올리니스트의 연주장면 등 묘비를 읽지 않더라도 비석의 주인공이 살아서 무슨 일을 했을지 짐작할 수 있었다.

죽음을 아름답게 장식해 놓았지만 해가 진 뒤의 묘지는 스산했다. 땅거미가 짙게 내리는 죽음의 숲길에서 추위는 어느새 사라지고 등골이 오싹해지기 시작했다. 고골과 체호프의 무덤을 찾았지만 보이지 않았다. 가가린, 흐루쇼프, 옐친 등 수많은 명사들이 묻혀 있어서 체호프가 눈에 띌 일이 아니었다. 십여 분을 돌다가 찾는 것을 포기했다. 그 이유는 죽음은 다 똑같다고 느꼈기 때문이다. 화려하고 위대한 죽음이 어디 있겠는가. 죽음의 본질은 평등이다. 죽음의 본질은 사라짐이다. 엄청난 크기의 무덤을 쓰고 치장을 했어도 범부와 명사의 죽음은 다를 게 없었다. 승자는 지상에서는 단

수도원 묘지

하루라도 더 살아남는 자라는 생각이 들었다.

발길을 돌려 공원 밖으로 나오는데 한 여인이 생화를 비석 위에 올려놓고 기도하는 모습이 보였다. 아마도 남편의 무덤인 듯했다. 겨울날 걸레로 비석을 닦고, 잡풀을 치우는 모습이 애잔해 보였다. 멀리 떨어져 그 모습을 한참 동안 지켜보았다. 사랑은 죽음을 넘어설 수 있다는 것을 여인은 보여주고 있었다. 겨울 마른 땅 위에 놓인 붉은 장미가 불멸의 사랑을 상징하는 듯했다. 머지않아 그녀도 사랑하는 사람의 곁으로 갈 날이 오리라. 그때까지 무덤 앞에는 사시사철 싱그러운 꽃이 피어 있을 것 같았다.

공원묘지를 빠져 나오자 어둠이 내리고 있었다. 자작나무 위에 앉은 까마귀 떼들이 호수를 향해 비상했다가, 다시 내려앉기를 반복했다. 차이코프스키가 수도원 앞의 호수를 보면서 〈백조의 호수〉의 악상을 떠올렸다고 한다. 겨울이라서 그런지 백조들이 물살을 가르는 듯한 악상은 느껴지지 않았다.

공원묘지에서 수녀원으로 다시 나와 축벽 아래에 있는 동굴도서관으로 들어갔다. 텅 빈 열람실에 수녀님께서 직접 불을 밝혀주셨다. 오래된 책자와 회벽 아래 십여 개의 탁자가 놓여 있었다. 수녀님은 멀찍이 서서 나를 바라보셨다. 여자들의 공간에 찾아든 이방인 사내가 신기했을 것이다. 금욕의 공간에 욕망의 사내가 발을 디뎠는지 모른다. 은은한 여인의 향이 도서관을 가득 채우고 있었다. 그 향은 싸구려 향수 같은 삶의 향이 아니었다. 오랜 고행에서 우러나온 알싸한 향이었다. 삶과 죽음을 동시에 안고 있는 수녀원. 생의 한가운데 죽음이 있고, 사랑의 한가운데 증오가 있고, 신의 한가운데 감옥이 있었다. 한 해를 정리하며 노보데비치 성당에서 올렸던 기도는 가장 낮고 성스러웠다.

눈의 묵시록

갈 데까지 간 사랑은 아름답다
잔해가 없다
그곳이 하늘 끝이라도
사막의 한가운데라도
끝끝내 돌아와
가장 낮은 곳에서 점자처럼 빛난다
눈이 따스한 것은
모든 것을 다 태웠기 때문
눈이 빛나는 것은
모든 것을 다 내려놓았기 때문
촛불을 켜고
눈의 점자를 읽는 밤
눈이 내리는 날에는 연애도
전쟁도 멈춰야 한다
상점도 공장도 문을 닫고
신의 음성에 귀 기울여야 한다
성체를 받듯 두 눈을 감고
혀를 내밀어보면
뼛속까지 드러나는 과거
갈 데까지 간 사랑은
흔적이 없다

얼어붙은 모스크바강

겨울 수묵화

강이 얼어붙기까지 강풍이 몇 차례 지나갔다. 어제는 시베리아를 건너온 북풍이 밤새 유리창을 두드렸다. 건물의 외벽을 돌아가는 바람은 아우성이었다. 빈틈을 찾는 몸부림이었다. 북풍은 세차게 머리를 유리창에 처박기도 했다. 깨어 있었으면서도 끝내 창을 열어주지 않았다. 바람이 생사를 걸고 국경을 넘어온 난민이었다면 못할 짓을 한 것이다. 단 몇 초라도 안으로 들여 따스한 아랫목에 머물게 했어야 옳았다. 시베리아의 찬 바람은 먼 길을 달려 사나흘 후면 한반도까지 당도한다.

12월에 접어들자 강은 가장 약한 가장자리부터 얼기 시작했다. 얼음이 점점 강을 점령하면서 자맥질하던 청둥오리들이 살 곳을 찾아 하나둘씩 떠나갔다. 어제는 스무 마리 정도의 오리만 남아 물과 얼음의 경계 위에서 저녁을 맞이하고 있었다. 아이들이 빵부스러기를 강물에 던지면 청둥오리들이 비상착륙이라도 하듯 강가로 몰려들었다. 무리 안에는 작은 날개를 가진 새끼도 있었다. 겨울이 코앞인데 떠나지 못하는 오리들의 눈동자는 깊어져 있었다. 앞 강이 완전히 얼어붙으면 오리들은 사라지고 없을 것이다. 나는 오리들의 눈동자를 일일이 바라보면서 다시 못 볼 듯 작별인사를 했다.

청둥오리보다도 더 걱정스러운 생명도 있었다. 물살에 가늘게 떨리던 수국이었다. 수국은 나무들이 푸르름을 더해가는 하지 무렵에야 가는 줄기를 수면 위로 밀어 올렸다. 7월 중순 노란 꽃을 피웠다 8월이면 이내 꽃잎을 떨구었다. 수문 아래서 흔들리는 수국을 볼 때마다 안아주고 싶었다. 숨도 제대로 쉴 수 없는 얼음장 아래서 겨울을 난 수국을 보고 있으면 '살아 있었구나.'라는 안도의 한숨이 절로 나왔다. 수국이 아름다운 것은 꽃 때문이 아니라 겨울을 이겨낸 성정 때문이다. 거대한 겨울 궁전 속에서 무너지지 않았기 때문이다. 가는 줄기와 가녀린 잎새, 그녀는 얼음장 아래서 무슨 꿈을 꾸며 겨울을 버텨낼 수 있었을까.

다시 강풍이 불었다. 이번에는 눈보라를 동반한 북풍이었다. 강심까지 얼어붙고 그 위에 차곡차곡 눈이 쌓였다. 들과 강의 경계가 사라져 평평하게 되었다. 추운 날에는 새도 날지 않았다. 먹이를 찾아 짐승들도 내려오지 않았다. 겨울강은 사람들에게 커다란 도화지를 내밀 뿐 숙제를 주지 않았다. 끝없이 펼쳐진 하얀 백지를 보면서 작심하고 글을 쓰겠다고 다짐했다. 강이 보이는 창가에 컴퓨터를 가져다 놓고 몇 날 며칠 자판을 두들겼다. 뭔가 나올 것 같은데 단 한 줄의 시도 쓰지 못했다. 보드카를 마시며 강을 오래 바라보기도 했다. 촛불을 켜놓고 온갖 폼을 잡아보았다. 하늘은 가장 쉬운 언어로 또박또박 불러주는데 받아 적을 수 없었다. 어쩌다 몇 자 적고 잠이 들면 밤새워 쓴 시들을 눈발이 이내 지워버리고 말았다.

아무런 소득 없이 진눈깨비를 보면서 12월을 보냈다. 1월 중순에 접어들자 맹추위가 닥쳐왔다. 추운 날에는 대개 눈은 내리지 않고 햇살이 비쳤다. 글 쓰는 것을 포기하자 마음이 편해졌다. 지인 몇 명을 집으로 불러 새벽 3시까지 보드카를 마시다 잠이 들었다. 깨어보니 일요일 낮 12시였다. 눈을 비비고 강을 바라보았다. 설원 위에 햇살이 비치는데 강 한가운데 보일 듯 말 듯 점 하나가 있었다. 작은 점은 미동도 없었다. 강의 중심으로 난을 치듯 발자국들이 길게 이어져 있었다. 지금까지 볼 수 없었던 수묵화였다. 텅 빈 캔버스가 점 하나로 꽉 차게 보였다. 화룡점정이라는 단어가 떠올랐다. 겨우내 나는 한 편의 시도 쓰지 못했는데, 설원 위에 단 하나의 발자국으로 수묵화가 그려지다니 놀라웠다.

털모자를 눌러쓰고 강으로 내려갔다. 겨울 햇살에 눈은 수정처럼 빛났다. 빙판 위를 걸으며 수국을 떠올렸다. 수국이 있던 자리의 눈을 헤쳐보았다. 단단한 얼음 때문에 보이지 않았다. 눈밭에 어린 아이처럼 러시아어로 미르(Мир 평화)와 류보비(Любовь 사랑)라고

눈썰매를 타는 아이들

써보았다. 눈 위에 두 발로 새기는 글자는 지워지기 쉽지만 순결했다. 누군가가 빌딩 위에서 강을 내려다볼 때 사랑과 평화는 반짝일 것이다. 발자국을 따라 강심까지 걸어갔다. 국방색 점퍼를 입은 낚시꾼은 미동도 하지 않고 낚시 삼매경에 빠져 있었다. 그의 발 옆에는 싸구려 보드카 한 병과 담배가 놓여 있었다. 입가에는 김이 서리고 콧수염에는 고드름이 맺혀 있었다. 옆에서 한참을 보아도 물고기는 얼씬도 하지 않았다. 얼음 구멍에 낚싯줄을 내렸다 올렸다 반복할 뿐 올라오는 것은 없었다. 시를 낚지 못하는 나처럼 그도 물고기를 한 마리도 낚지 못한 것 같았다.

모스크바 강 얼음낚시

너무 몰입해 있어서 말을 붙이려다 말고 돌아섰다. 저녁상에 올릴 찬거리를 낚기 위해 혹한 속에 그가 나섰을 수도 있다. 하지만 어부가 낚고 있는 것은 물고기가 아니라 침묵일지 모른다는 생각이 들었다. 영하 20도의 혹한 속에서 얼음구멍을 뚫으며 답답한 가슴을 달래고 있었을지 모른다. 아무도 없는 겨울 벌판에서 그는 주인공이었다. 그로 인해 겨울이 완성되고 있었다. 누군가가 얼음장 위에 구멍을 뚫어 놓지 않았다면, 눈 밭 위에 발자국을 남기지 않았다면 그 겨울은 얼마나 삭막했을까.

가늘게 비치던 햇살은 어느새 자취를 감추고 다시 눈발이 날리기 시작했다. 눈밭에 새겨놓은 글자들에 눈이 조금씩 쌓였다. 돌아서서 걸어온 발자국을 멀리 바라보았다. 민가에서는 하얀 연기가 하늘 높이 올라가고 있었다. 갑자기 지상이 얼어붙은 강의 내부라는 생각이 들었다. 사람들도 수국처럼 파란 하늘 아래 갇혀서 봄을 기다릴 것이다. 이 겨울 청둥오리는, 수국은, 그리고 당신은 무슨 꿈을 꾸고 있을까.

얼음낚시

텅 빈 강 한가운데
부동의 점 하나로
겨우내 그리지 못했던
수묵화는 완성되었다

강에 눈은 쌓이고 쌓여
바닥이 보이지 않는
혹한의 두께

꽁꽁 얼어붙은 강바닥에
둥글게 뚫어놓은 작은 창문 하나로
먼 기다림은 완성되었다

레닌 도서관에서 책을 읽다

붉은 광장으로 가는 길목에 궁금증을 자아내는 건물이 있었다. 건물 꼭대기의 부조가 로마시대의 건축물을 연상시켰다. 정문 앞에는 심각한 표정을 한 동상이 있고, 어깨 위에는 늘 비둘기가 앉아 있었다.

어느 볕 좋은 날 기념사진을 찍기 위해 차에서 내렸다. 동상의 주인공은 다름 아닌 도스토예프스키였다. 동상을 등지고 건물을 바라보자 정면에 레닌 국립도서관이라는 금박 글씨가 눈에 들어왔다. 아차 하는 생각이 들었다. 지척에 도서관을 두고서도 뻔질나게 술집만 들락날락했던 것이다. 무의미하게 보낸 날들이 아프게 다가

왔다. 국립도서관 앞에 서 있는 동상은 그 나라의 지성을 상징한다. 러시아에는 위대한 작가들이 많은데 왜 하필 도스토예프스키였을까. 몇 사람에게 물어보니 국민투표를 한 결과, 도스토예프스키가 가장 많은 표를 받았다고 한다.

귀국을 석 달여 앞두고 백일 동안 해야 할 버킷리스트를 작성했다. 레닌 도서관 방문이 첫 번째였다. 도서관에서 지난 몇 년 동안의 러시아 경험을 정리하고 싶었다. 외국인도 출입증을 만들 수 있을까라는 의문을 품은 채 도서관으로 갔다. 러시아에서는 여권마저 공증할 정도로 행정이 과하다. 출입카드를 발급받을 때까지 몇 차례 방문해야 할 것을 각오하고 있었다. 그도 그럴 것이 책임지기 싫어하는 소련의 행정 습관이 남아 있어 핸드폰을 개통하는 데도 상당한 인내심이 필요했다.

예상과 달리 출입증은 불과 10분만에 발급되었다. 부스에서 사진을 찍고 100루블을 지불하니 출입증이 나왔다. 경이로운 경험이었다. 출입증을 만들어주시는 반백의 할머니는 친절하셨다. 서식의 빈 공간을 내 대신 빼곡히 채워주었다. 아이디 카드를 들고 승리감에 도취되어 곧장 도서관으로 들어갔다. 외관 못지않게 내부도 웅장했다. 1930년대에 지어진 도서관의 벽면은 온통 대리석으로 치

레닌 국립도서관

장되어 있었다. 천정은 높았고 목재 마루는 아늑한 느낌을 주었다. 중앙계단을 올라 이층의 서가에서 오래된 책들을 구경했다. 제정 러시아시대에 발간된 법률서적, 소련 시절의 정책집, 소설책이 즐비했다. 책에서는 풍기는 묵은 냄새가 인텔리겐치아들의 숨결처럼 느껴졌다.

2층 홍보실로 찾아가 도서관 안내를 부탁했다. 안내를 맡은 할머니는 4천만 권이 넘는 장서를 보유한 유럽에서 가장 큰 도서관이라고 설명했다. 2차 세계대전 중에도 문을 열었다는 말과 함께 유네스코의 지원을 받고 있다는 말도 덧붙였다. 3층 열람실에서 창밖을 보니 길 건너 크렘린의 성벽과 성당들이 한눈에 들어왔다. 책을 보다가 잠시 눈을 돌려 쉬기 좋은 장소였다.

러시아가 낳은 위대한 작가나 사상가의 기를 받을 수 있다는 기대감에 이층에서 삼층으로, 다시 이층으로 오르락내리락 하면서 장서들을 들쳐보았다. 그러던 중 뭉클한 장면을 보았다. 백발이 성성하고, 얼굴에는 주름살이 가득한 할머니 한 분이 책을 읽고 있었다. 공부는 죽을 때까지 한다지만, 떨리는 손으로 책을 부여잡고 독서에 몰두하는 모습이 경이로웠다. 외관상으로 할머니는 도서관보다 나이가 더 들어 보였다. 무슨 책을 읽고 있는지 궁금해 다가가 보았다. 그녀가 읽고 있던 책은 놀랍게도 컴퓨터 서적이었다. 손주들과 대화하기 위해서 컴퓨터를 공부하는 중이라고 했다. 사진을 찍어도 되겠느냐는 요청에 주름진 얼굴을 보여주기 싫다며 극구 사양했다.

개가실을 빠져 나와 열람실로 갔다. 천정은 높았고 빈 자리가 듬성듬성 보였다. 정면에는 레닌이 책을 읽고 있는 대형 그림이 걸려 있었다. 잠시 의자에 앉아 레닌의 얼굴을 바라보았다. 내가 만졌던 책장에는 누구의 손길이 스쳐 지나갔을까. 내가 앉아 있는 의자에는 누가 머물렀을까. 도서관에는 책만 있는 것이 아니라 러시아의 정신과 혼이 함께 깃들어 있는 것처럼 느껴졌다.

지금은 많이 퇴색했지만 러시아인은 공부하는 민족이다. 소련 시절에는 교육정책의 영향으로 전 세계에서 문맹률이 가장 낮았다. 화학, 물리, 수학 등 기초학문이 뛰어나고, 세계적인 작가를 가장 많이 배출했다. 지금까지 노벨상을 수상한 사람도 21명이나 된다. 우리나라 지하철에서는 책을 읽는 사람을 찾아보기 힘들지만, 70년대산 지하철의 희미한 불빛 아래서 아직도 스마트폰 대신 소설책을 읽는 사람을 자주 볼 수 있다.

도서관을 나오면서 재미있는 질문을 스스로 던져보았다. 미국과 러시아 중 어느 나라가 더 강할까. 내가 내린 결론은 '러시아는 미국을 넘어설 수 없고, 미국은 러시아를 무시할 수 없다.'였다. 강력한 군사력을 가지고 있으면서 러시아는 왜 미국을 이길 수 없을까. 우선 러시아는 인구, 국토, 자원이 비대칭인데 비해 미국은 균형 잡힌 포트폴리오를 구성하고 있다. 영어가 글로벌 공용어가 된 것도 큰 강점이다. 가장 중요한 이유는 미국에는 세계적인 대학이 있고, 각국의 유학생들이 몰려들어 지식사회를 선도하고 있기 때문이다.

반면 미국이 러시아를 무시할 수 없는 이유도 있다. 러시아에는 미국이 갖지 못한 예술과 문학 등 문화적 자원이 풍부하다. 또 어려움이 닥쳤을 때 죽음을 두려워하지 않는 종교적 신념이 있다. 사회주의 영향으로 미국에서와 같은 첨예한 인종적 갈등이 없고 피와 언어가 다른 사람들과 공생하는 방법을 알고 있다.

모스크바에서 가장 큰 서점 돔크니기 내부

젊은 시절, 해외에 갈 때마다 자투리 시간이 있으면 인근의 대학과 도서관을 방문했었다. 월급쟁이가 되어 공부를 계속하지 못한 아쉬움도 있었지만, 그보다 대학과 도서관을 한 사회의 단면도로 생각했기 때문이다. 현재를 지키기 위해서는 총과 칼이 필요하지만 미래를 지키기 위해서는 대학과 도서관이 필요하다. 대학이 발전하지 못하면 미래가 없다. 요즘 러시아 젊은이들의 책에 대한 사랑은 점점 시들해지고 있는 듯하지만, 레닌 도서관에서 본 백발의 할머니는 어쩌면 러시아의 자존심일지 모른다.

저기압지대

모스크바에는 산이 없다
산이 없어 혁명은
들불처럼 지평선을 넘어갔는지

굴곡 많은 산하에서 태어난
나는 너른 들의 평화를 모른다

모스크바에는 바다가 없다
떠나는 배가 없어
목숨을 건 사랑도 두렵지 않았는지

밀물과 썰물을 보며 자라난
나는 손을 흔들며
자주 등을 보이지 않았던가

해가 지지 않는 백야의 들과
해가 뜨지 않는 겨울강 사이

모스크바에는 중간이 없다
봄 가을이 없어
눈물을 믿지 않는다

사랑이
꽃피는 시간

고리키대학에서 문학을 전공하는 후배로부터 술 한 잔 하자는 전화가 걸려왔다. 한인신문에서 생활비를 벌면서 시를 공부하는 문학도였다. 북국까지 와서 밥벌이에 도움이 안 되는 시를 쓴다는 자체가 기특했다. 그는 허름한 선술집으로 나를 안내했다. 안주는 소금 뿌려진 흑빵이 전부. 담배연기가 빠져나가지 못한 반지하 술집에는 일을 마친 노동자로 꽉 차 있었다. 왁자지껄한 소음 때문에 어깨를 나란히 하고 스톨(Стол 작은 탁자)에 앉을 수밖에 없었다. 보드카에 얼굴이 붉어지자 후배는 나의 부르주아적인 시쓰기를 은연중 비판했다.

"선배님, 직장생활 하면서 시 쓰는 게 가능한가요?"

"이 사람아 밥벌이도 시 쓰는 것만큼 어려워. 처음에는 불가능하다고 생각했어. 회사를 때려치우든지, 시를 때려치우든지 해야겠다고 몇 번씩 고민했었지. 근데, 어느 순간부터 오기가 생기더라."

빈손으로 와서 순결한 마음으로 문학에 온몸을 던지고 있는 후배에게 가당치 않은 소리였다. 그는 나를 노려보며 한동안 듣기만 했다.

"시인이 많다고 좋은 세상은 아닐 거야. 시적 마인드를 가진 정치가, 시적 마인드를 가진 경영자, 시적 마인드를 가진 공무원이 많아야지."

"그럼 선배님은 계속 시를 쓰실 거예요?"

"회사원도 시를 쓸 수 있다는 것을 보여주고 싶어. 잘 쓰지 못하지만 끝까지 가보는 게 꿈이야."

그는 가죽가방을 열어 색이 바랜 원고 뭉치를 건네주면서 읽어달라고 했다. 낮은 백열등 아래 비친 시 속에는 청춘의 고민이 고스란히 녹아 있었다. 오랜만에 러시아에서 읽는 우리말 시, 열기가 느껴졌다. 찬찬히 읽어본 후 얘기해 주겠다고 하고 선술집을 나와 헤어졌다. 어느새 어둠이 발목까지 내려와 있었다. 언제부터였는지 함박눈이 쏟아지고 있었다. 그야말로 설국이었다. 폭설에 인적이 일찍 끊어지고 자동차도 잘 보이지 않았다.

제법 쌀쌀한데 술기운 탓이었는지, 후배의 도발 탓이었는지 추위가 느껴지지 않았다. 걷고 싶었다. 발자국 하나 없는 눈을 밟으며 정처 없이 걸었다. 그러고 보니 모스크바 생활 2년이 지나도록 시 한 편 쓰지 못했다. 후배의 지나가듯 던진 말이 파문을 일으켰다. 문학의 나라에 와서 시 한 편을 쓰지 못하고 있다니……, 이대로 꿈을 접어야 하는 것인가.

이런 저런 생각을 하며 한참을 걸었을까, 전철역 뒷골목 쪽으로 야릇한 간판이 시선을 끌었다. 출장자로부터 들었던 일종의 스트립 바였다. 철제 출입문은 굳게 닫혀 있는데, 발자국이 어지럽게 이어져 있었다. 문을 열고 들어섰다. 담배연기가 자욱했다. 밖은 고요한데 고막을 찢을 듯한 비트음이 들려왔다. 후미진 자리에 앉아서 맥주 두 병을 시켰다. 음악에 맞춰 반라의 무희들이 허물을 벗듯 옷을 하나둘씩 벗어 던지고 있었다. 원탁의 테이블에 둘러앉은 사내들은 시선을 떼지 않은 채 술을 마셨다. 곡이 끝날 때마다 새로운 무희들이 등장해 춤을 췄다. 창밖에는 흰 눈이 나비처럼 달려드는데, 댄서 중에는 흑인 소녀도 있었다. 모스크바에서는 볼 수 없었는데 어두운 바에서 처음으로 흑인을 보았다. 그녀의 고향은 적도 아래 어디쯤일까. 어쩌다가 가장 추운 나라로 온 것일까. 곡이 끝나자 소녀는 주요 부위를 가리고 무대에서 내려와 테이블을 돌았다. 상기되었던 기분이 무겁게 내려앉았다. 나는 200루블을 손에 쥐어 주고 바를 빠져 나왔다.

세상은 깊은 겨울잠에 빠져 있는 것처럼 보이지만 뭇 생명들은 자기 방식대로 어둠 속에서 꿈틀거리고 있었다. 어떤 사람은 바에서 춤을 추고 어떤 사람은 술을 마셨다. 긴 겨울을 나기 위해 시를 쓰고 그림을 그리는 사람도 있을 것이다. 기적 소리가 들리는 다락방에서 가난한 연인은 서로의 체온을 나누고, 나이든 노부부는 청춘의 이야기로 밤을 보내고 있을지 모른다. 봄이 올 때까지 살아 있음을 증명해야 하는 숙제를 모두 안고 있었다.

바에서 나오니 퍼붓던 함박눈이 멈춰 있었다. 눈이 멈추니 세상은 더 고요했다. 고요 속을 더듬어 걷는데 24시 꽃집의 간판이 눈에

24시 꽃집

들어왔다. 러시아에서 경이로웠던 것 중에 하나가 24시 꽃집이었다. 9시가 넘으면 보드카도 살 수 없는데 24시간 연중무휴로 꽃집은 열려 있었다. 손님도 없을 터인데 왜 꽃집은 24시간 문을 열어두는 것일까.

폭설 속에 불을 밝힌 꽃집의 문을 열고 들어가 보았다. 아주머니가 무릎담요를 덮고서 책을 읽고 있었다. 무슨 책을 읽고 있는지 물어보았다. 그녀는 미소를 지을 뿐 대답하지 않았다. 언젠가 꽃집이 24시간 문을 여는 이유를 물어본 적이 있었다. 그 이유는 사랑 때문이란다. 사랑에 금지 시간이 있을 수 없을 게다. 손님이 없어도 문을 여는 24시 꽃집은 기다림과 그리움의 공간이었다. 그냥 나올 수 없어 진홍색 장미 세 송이를 샀다.

꽃집에서 나와 트램(Трам 노면전차) 정류장 쪽으로 발길을 돌렸다. 소련 시절의 일화가 떠올랐다. 조지아 출신의 가난한 화가가 짝사랑하던 여인의 생일날 전 재산과 자신의 피와 그림을 팔아 그녀에게 줄 장미를 샀다고 한다. 새벽녘 집 주변을 바다처럼 뒤덮고 있던 장미를 본 여인은 황홀경에 빠져 눈물을 글썽거렸을 것이다. 그녀는 어느 백만장자가 자신의 집 주변을 꽃으로 물들였을 것으로 상상했으리라. 하지만 그 주인공이 가난한 화가라는 것을 알게 되었고 그녀는 홀연히 떠나갔다. 노래 〈백만 송이 장미(Милион роз)〉의 배경이 된 일화다. 러시아 시인 보즈네센스키가 화가의 이별 이야기를 시로 만들었고, 가수 알라 푸카초바가 불러 대중적 인기를 누렸다.

지구촌 어느 곳에도 지고지순한 사랑 이야기는 넘쳐난다. 사랑에

꽃을 닮은 소녀들

목숨을 건 가난한 예술가도 많다. 〈백만 송이 장미〉가 특별한 이유는 무엇일까. 그것은 사랑에 있는 것이 아니라 꽃에 있다. 계산할 수 없는 낭만성에 있다. 만약 화가가 값비싼 자동차나 다이아몬드를 선물했다면 세속의 사랑이 이루어졌을지도 모른다. 세상 물정에 어두운 화가에게 장미는 사랑하는 이에게 줄 수 있는 최상의 선물이었다. 그는 계산되지 않고, 잊히지 않을 감동을 선물하고 싶었을 것이다. 하지만 세속의 사랑이란 장미꽃처럼 이내 시들고 마는 게 현실이다.

눈 내리는 밤, 불 켜진 창가에 다가가 꽃다발을 건넬 수 있는 연인을 가진 사람은 행복하리라. 그녀는 아마도 창문을 열고 옅은 미소를 짓겠지. 꽃을 사 들고 귀가 하는 길, 눈길 속의 장미는 더욱 붉었고, 길게 난 발자국은 내가 끝내 쓰지 못한 시처럼 빛났다.

그리운 열대

나비가 난다 엄동설한에
적도를 넘어온 검정나비 한 마리
눈보다 가벼운 스텝으로
붉은 조명 아래서 춤을 춘다
막차 떠난 레닌그라드역 뒷골목
눈발이 배추나비처럼 몰려드는데
케냐에서 온 검정나비 한 마리
허물을 벗듯 T팬티를 벗어던지며
푸른 달러 앞에서 날갯짓한다
나비들의 화려한 춤사위를
숨막히게 숨막히게 바라보며
익화를 꿈꾸는 밤
창밖에 눈의 나비 떼가 춤을 추고
열대를 넘어온 열아홉 소녀
눈발 속을 날아다닌다

돌아오지 않는 봄

12월은 대체로 차분하다. 율리우스력을 채택한 정교의 전통에 따라 크리스마스가 1월 7일이라서인지 연말에도 크리스마스 캐럴을 들을 수 없었다. 산타클로스를 내세워 마케팅에 열을 올리지 않았다. 그 대신 거리의 간판은 오페라, 발레, 콘서트를 알리는 광고들로 가득 찼다.

한 해를 마감하는 12월 중순이었다. 퇴근길에 외투를 곱게 차려입은 할머니 한 분이 전철역으로 가고 있는 것을 보았다. 슈킨스카야 지하철역에서 꽃을 파는 할머니였다. 한번은 꽃을 사면서 할머니에게 넌지시 말을 붙여본 적이 있었다. 혁명가였던 남편은 집을 나가 돌아오지 않았다고 했다. 전선으로 끌려간 아들의 생사도 모른다고 했다. 아들과 남편을 기다리다 청춘을 다 보냈을 할머니의 가슴에는 쓸쓸함이 묻어났다. 혁명과 전쟁을 다 겪고도 끝끝내 살아남은 할머니가 겨울을 이기고 피어난 들꽃처럼 보였다.

러시아 여인들은 외관에 무척 신경을 썼다. 여인에게 나이는 그다지 중요하지 않았다. 오히려 중년을 넘길수록 화려하게 치장했다. 여자들이 체육복을 입은 채 동네 마트에 가는 일은 상상할 수 없었다. 가까운 곳을 갈 때도 화장을 하고 옷을 차려 입었다. 러시아는 심각한 여초 국가다. 남자가 부족한 나라에서 여자들은 본능적으로 잘 보이려고 노력했는지 모른다.

퇴근길에 만난 꽃을 팔던 할머니는 전혀 다른 사람이 되어 있었다. 외투가 참 멋지다는 인사를 건네며 어디 가시는지 여쭤보았다. 그녀는 〈예브게니 오네긴〉을 보러 간다고 했다. 놀라지 않을 수 없었다. 그녀가 20만 원 안팎의 연금을 받는다 해도 오페라 티켓은 감당하기 어려운 호사일 게 틀림없었다. 할머니가 한때 발레리나이셨던 건 아닐까 하는 생각을 해보았다.

러시아인의 예술 사랑은 유난하다. 고작 백만 원의 월급을 받으면서도 이삼십만 원 하는 공연 티켓을 사는 데 주저하지 않는다. 모스크바에는 이삼백 석 규모의 소규모 극장이 많다. 소극장에 갈 때마다 젊은이들보다 백발의 할머니들이 많이 보였다. 할머니들은 딱딱한 의자에 몸을 파묻고 앉아 미동도 없이 피아노나 바이올린 선율에 귀를 기울였다. 그녀들은 음악을 감상하는 동안 소녀로 다시 돌아가고 있는 듯했다. 비록 곡절의 삶을 살아왔지만 깊게 패인 주름살 위에서 아름다운 화성이 만들어지고 있었다. 굶어도 정신의 빈곤은 허락하지 않겠다는 자존심. 러시아인에게 공연장과 미술관에 가는 것은 연례행사가 아니라 삶의 일부였다.

12월에 보았던 또 다른 풍경이다. 토요일 아침, 커피를 마시기 위해 시내로 차를 몰았다. 한 잔의 커피보다 휴일의 게으른 분위기에 젖고 싶었다. 승용차 계기판의 외부 온도는 영하 19도를 가리키고 있었다. 인적마저 드물어 추위가 유리창에 들어붙는 듯했다. 구세주성당 쪽으로 좌회전하는데 줄이 꼬리를 물고 늘어서 있었다. 겨울날 아침에 뭐 대단한 일이 있는지 의아했다. 좀 더 가까이 다가가 보니 푸시킨 미술관이 나오고, 길게 늘어뜨린 현수막에는 샤갈의 특별전을 알리는 포스터가 붙어 있었다.

휴일 아침 짧은 치마를 입은 소녀들이 샤갈의 특별전을 감상하기

거리의 공연안내판

위해 길게 줄을 서 있었던 것이다. 소련 시절 빵을 사려고 줄을 길게 섰다는 말은 들었었지만, 그림을 감상하려고 혹한의 아침에 줄을 서 있는 장면은 처음 보았다. 인터넷에서 샤갈의 그림을 얼마든지 찾아볼 수 있을 텐데, 추위 속에서 떨고 있는 소녀들이 겨울 들판의 야생화처럼 보였다.

러시아인의 예술 사랑을 열거하자면 끝이 없다. 모스크바에 세워진 980여 개 동상 중 레닌 동상을 제외한 대부분이 작가와 예술가들이다. 한겨울 거리를 지나갈 때 푸시킨이나 차이코프스키 동

차이코프스키홀

상 아래 놓인 붉은 장미꽃을 보면 예술혼이 살아 있음을 느끼게 한다. 한동안 문학과 멀리 떨어져 살았는데 자연스럽게 시와 다시 가까워졌다. 출근길 FM방송에서 음악과 함께 흘러나오던 시, 아이의 중학교 졸업식 때 선생님이 읽어주던 예세닌의 시, 술자리의 건배사를 할 때 인용되던 푸시킨의 시구 등은 가슴을 따스하게 만들었다.

러시아인이 자국의 문화와 예술을 끔찍이 사랑하는 것을 보여준 장면이 있다. 2014년 2월 소치에서 동계올림픽 폐막식이 열렸다. 스타디움의 조명이 일시에 꺼지자 빙판이 캔버스로 바뀌고 샤갈과

콘서트 장면

칸딘스키의 그림이 펼쳐졌다. 이어 빙판 한가운데 피아노가 놓이고 라흐마니노프 〈피아노 협주곡 2번〉이 연주되었다. 〈세헤라자데〉의 곡이 연주되는 가운데 볼쇼이와 마린스키극단의 발레가 이어졌다. 마지막으로 푸시킨, 톨스토이, 도스토예프스키 등이 다시 살아나 책상 앞에서 글을 쓰는 장면이 연출되었다. 화려한 불꽃놀이와 함께 올림픽은 끝났는데 끝난 것 같지 않았다. 왜 그랬을까. 그것은 예술의 힘이었다. 귀에는 라흐마니노프의 피아노음이 들리고, 어두운 밤하늘에는 샤갈의 색상이 펼쳐지고, 바람 속에 푸시킨의 시가 실려오는 듯했다.

예술이란 데페즈이망Dépaysement 즉, 낯설게 표현하기다. 남들이 보지 못하고 느끼지 못하는 것을 미술, 음악, 시로 표현하는 것이다. 낯선 음과 음, 색과 색이 어우러질 때 우리는 새로운 세계를 경험하게 된다. 러시아는 극과 극 사이가 아주 멀어 비유가 새롭고 깊다. 암흑의 겨울이 있는 반면 백야가 있다. 잔디는 파란데 그 위에 낙엽이 떨어져 뒹군다. 사과는 빨갛게 익어가는데 사과 위에 눈발이 쌓인다. 성당의 촛불만큼이나 술집의 불빛도 빛난다. 전쟁과 혁명은 삶과 죽음의 색채를 뚜렷하게 대비시켰다.

러시아인의 예술 사랑은 삶에 대한 긍정이자 죽음을 넘어서기다. 미로처럼 이어진 골목 끝에 카페가 있고, 벽면에 명화 몇 점 정도는 걸려 있다. 겨울날 고드름 밑을 걸어가다 보면 가느다랗게 피아노 소리가 울린다. 한 잔의 커피를 마시며 바라본 눈 내리는 창밖, 러시아에 살면서 나는 시를 쓴 것이 아니라 받아쓰기 했을 뿐이다.

돌아오지 않는 봄

전쟁과 혁명을 모두 겪은 할머니가 지하철역 앞에서
들꽃으로 엮은 제비꽃 다발을 팔고 있었지요

교수였던 남편은 혁명의 깃발 속으로 사라져갔다
밤기차로 전선에 끌려간 아들은 돌아오지 못했다

마른 빵을 사려고 줄을 선 적이 없는 철없는 소냐를 위해
오십 루블에 꽃다발을 사서 기다리고 있었지요

똑똑한 남자는 혁명 때 용감한 남자는 전쟁 때 다 죽고
이념과 폭격 속에서 끝끝내 피어난 할머니와 들꽃과 소녀와

내가
사랑한
겨울나무

밤이 아주 길었다. 겨울밤을 나기 위해 간간이 한국 방송을 녹화한 후 보았다. 가장 자주 본 프로그램은 〈한국기행〉이었다. 남해와 서해의 갯마을, 지리산과 설악산의 산마을을 보면서 동무들을 떠올렸다. 주말에는 아이들과 함께 음악 경연 프로그램을 보았다. 어두운 조명 아래서 한 출연자가 〈기다림〉이라는 노래를 부르고 있었다. "미칠 것 같아 기다림은 아직도 어려워…… 속삭여 불러보는 네 이름……." 창밖은 칠흑 같은 어둠이고 봄은 멀리 있는데 '기다림'이라는 단어에 제대로 필이 꽂혀 한동안 멍하니 허공을 바라본 적이 있었다.

러시아만큼 기다림이란 단어가 사무치게 다가오는 곳도 없을 것이다. 눈 쌓인 벤치, 인적이 끊어진 정거장, 성당의 첨탑 끝에서 흔들리는 종이 기다림의 상징처럼 보였다. 들판은 눈이 녹기를 기다리고 강은 얼음이 풀리길 기다렸다. 전나무 가지 끝을 옮겨 다니는 새와 얼음장 아래서 숨을 죽인 물풀도 사람만큼이나 봄을 간절히 기다리고 있었으리라.

러시아인은 기다림에 익숙하다. 차르 시대나 소련 시절, 기다림은 숙명이었다. 귀족에게 팔려가는 딸을 농노는 바라보아야만 했다. 아버지와 아들은 혁명과 전쟁터로 가족을 버리고 홀연히 떠나가 돌아오지 못했다. 어머니가 저녁밥을 지어놓고 대문을 자주 내다보는 것은 기다림이 몸에 배어 있기 때문이다. 빨래를 개던 아내가 먼 기적 소리에 귀를 기울이는 것도 기다림 때문이다.

누가 작명했는지 모르지만 자작나무의 꽃말이 '당신을 기다립니다.'라는 것을 알고 깜짝 놀랐다. 정말 어울리는 꽃말이다. 자작나무는 기다림의 상징이다. 만일 지구 온난화로 지구를 떠나야 할 때 러시아에서 가져갈 세 가지 것을 고른다면 보드카, 여자, 자작나무를 꼽는 데 주저하지 않겠다. 두 가지만 골라야 한다면 보드카를 버리겠다. 마지막 하나만을 선택해야 한다면 자작나무를 가져가겠다. 왜 여인이 아니냐고 물을지 모른다. 아쉽지만 여자의 마음은 한결같지 않고 아름다움이란 변하기 쉽다.

러시아는 자작나무의 나라다. 자작나무가 보이지 않는다면 그곳은 러시아 땅이 아니다. 시베리아를 횡단할 때 기차의 유리창에 비치던 자작나무, 차를 몰고 벌판을 달려갈 때 사열하듯 스쳐 지나가던 자작나무. 성당의 십자가 아래에도, 마을의 초입에도 자작나무가 있다. 풍경만이 아니었다. 자작나무는 러시아인의 생과 사에 걸쳐 있다. 날마다 쓰는 빗부터 가구, 악기, 심지어 관까지 러시아인의 생활 속에서 자작나무를 빼고는 얘기할 수 없다.

계절의 변화도 자작나무에서부터 시작되었다. 오월의 어느 아침, 자작나무 빈 가지에 연둣빛 잎새가 돋기 시작하면 봄이 온다는 신호였다. 잎새는 하나둘씩 피어나지 않고 푸른 이내처럼 자욱하게 올라왔다. 겨울의 두터운 장벽을 자작나무의 연한 몸짓이 무너뜨린 것이다. 잎새가 피어나면 내 가슴 아래서는 뜨거운 기운이 울컥 올라왔다. 당장이라도 살얼음 언 강을 건너가 겨울을 이기고 돌아온 전사들을 안아주고 싶었다. 자작나무의 하얀 수피에는 온통 칼바람 자국이 선명하게 새겨져 있었다.

봄 자작나무

가을 자작나무

여름에는 자작나무숲이 나를 유혹했다. 직원에게 줄 월급이 걱정될 때, 믿었던 사람에게서 상처를 받았을 때 자작나무 아래서 얼마나 오래 서성였던가. 잎새가 서로 부딪히며 내는 소리에는 지상의 악기로는 모방할 수 없는 환희와 쓸쓸함이 공존했다. 머리가 복잡할 때마다 자작나무 아래를 거닐며 잎새들의 합창을 들었다. 자작나무 아래 누워서 뭉게구름이 흘러가는 하늘 끝까지 가보기도 했다. 삼십 분 정도 나무 아래 머물다 보면 근심이 빗자루에 쓸리듯 사라지곤 했다.

러시아의 가을은 있는 듯 없는 듯 지나가고 만다. 만일 자작나무가 없었다면 가을은 마침표도 없이 허무하게 끝나고 말았을 것이다. 구월 하순 자작나무는 지상에 마지막 빛을 선사하겠다는 듯 황금빛으로 물든다. 작가 김훈은 자작나무숲을 빛들이 모여 사는 숲으로 묘사했는데, 그보다 정확한 묘사는 없을 것 같다. 우리네 삶도 마찬가지지만 빛나는 순간은 너무나 짧다. 황금빛 숲은 열흘 만에 사라지고 만다. 자작나무가 잎새를 떨구기 시작할 때쯤이면 마지막 황금을 찾는 기분으로 숲으로 달려가곤 했다.

자작나무가 가장 고귀하게 보이는 순간은 겨울이다. 자작나무는 함께 모여 숲을 이뤄도 좋지만, 혼자여도 좋다. 홀로 서 있는 자작

겨울 자작나무

나무는 다정한 친구이자 숨겨둔 애인과 같았다. 막차를 놓치고 술에 취해 귀가할 때 자작나무는 손을 벌려 안아주었다. 몇 날 며칠 눈보라가 들이쳐 지상에 아무것도 보이지 않을 때에도 별처럼 홀로 빛났다. 눈이 그친 어느 날, 자작나무숲 속에서 보았던 가느다란 햇살, 그것은 희망이었다.

자작나무는 여인을 닮았다. 선이 곱다. 섬섬옥수 같은 잎새, 새하얀 피부, 생머리처럼 치렁치렁한 줄기. 러시아에서 얼마쯤 시간이 지나면 자작나무가 여인으로 보이고, 여인이 자작나무처럼 느껴진다. 소설 『죄와 벌』에 나오는 가난한 지식인 라스콜리니코프를 사랑한 소냐, 『부활』에서 자신의 몸을 망친 네흘류도프를 사랑한 카츄샤, 『안나 카레니나』에서 브론스키를 사랑한 유부녀 안나는 모두 자작나무의 분신들이다.

그대 사랑을 잃고 눈물이 마르지 않을 때 자작나무숲으로 가보세요. 그대 세상과의 전쟁에서 패해 퇴로를 차단당했을 때 자작나무 옆에 가만히 서보세요. 자작나무는 당신의 목소리에 귀를 기울일 것입니다. 그리고 자작자작 당신의 등을 토닥거려줄 것입니다.

가도 가도 지평선만 보이는 황량한 벌판에 자작나무가 손 흔들지 않는다면, 석양빛이 낮게 깔리는 저물녘에 성당의 종소리를 받아 줄 자작나무 잎새가 없다면, 사랑을 잃고 빈 손으로 귀향할 때 자작나무가 안아주지 않는다면 러시아의 겨울은 얼마나 깊고 적막하겠는가.

자작나무가 있는 풍경

자작나무

한 겹 한 겹 옷을 벗겨도
은빛 속살은 드러나지 않았다

발끝으로 사랑을 노래하던 발레리나

종아리에 감싼 붕대를 풀고 풀어도
상처는 보이지 않았다

손끝으로 이별을 노래하던 발레리나

세상을 헤매다 빈손으로 돌아올 때도
마을 앞 그 자리에 꼿꼿이 서서
온몸으로 나를 반겨주던 발레리나

혹한의 폭설에도 무너지지 않는
그대를 사랑하는 나는

남 몰래
흘리는
눈물 같은

여름이 무더웠으므로 긴 겨울이 올 것이라고 했다. 나무는 계절을 앞서 나갔다. 자작나무는 구월이 시작되자마자 잎을 지상에 내려놓았다. 나는 무엇을 내려놓을 것인가. 버리는 삶을 실천한 헨리 데이비드 소로우는 부를 물질의 소유가 아니라 시간의 소유로 측정했다. 자유로운 시간을 많이 가진 사람이 진정한 부자라는 의미다. 자본은 무한이지만 인간에게 주어진 시간은 유한하기 때문이다. 대부분의 사람들은 유한 시간보다 무한 자본을 위해 목숨을 건다. 내가 수학을 잘한다면 소유와 시간의 관계를 함수로 풀어 삶의 최적 모델을 제시해 보고 싶다. 채우지 못할 욕망을 위해 길지 않은 생을 허비할 수 없는 일이다.

북국에서의 겨울 준비는 여름이 끝나자마자 시작되었다. 9월 들어 가을비가 추적추적 내리고 기온이 급강하하면서 마음도 바빠졌다. 겨울의 초입으로 들어서기 전, 가을햇살이 명징한 날이 보름 정도 이어지는데 이 기간을 바비에 레토(бабие лето)라고 불렀다. 바비에 레토는 '처녀의 여름'이라는 뜻으로, 월동 준비로 여자의 손길이 분주해지기 때문에 부쳐진 이름이다. 집집마다 소련 시절에 분양을 받은 전원주택인 다차를 가지고 있었다. 도시 근교에 통나무집을 짓고 여름 한철 텃밭에 감자, 토마토, 오이 등을 가꾸었다. 바비에 레토 기간에 사람들은 손수 가꾼 오이와 토마토로 피클을, 사과로 잼을 만들었다. 부지런한 이는 다차 주변에서 양봉을 쳤다. 겨울을 준비하면서 빼놓을 수 없는 게 바로 꿀이었다.

여름이 끝나갈 무렵이면 콜로멘스코예 공원에서 어김없이 꿀 시장이 열렸다. 캅카스Kavkaz, 알타이, 시베리아 등 자치공화국에서 올라온 꿀이 한 자리에 모인다. 키르기스스탄, 타지키스탄, 우즈베키스탄 등 중앙아시아에서 수확된 꿀도 볼 수 있었다. 공원 입구 가설시장에 개설된 부스가 5백여 개나 되었다. 알타이에 사는 나타샤는 모스크바까지 꼬박 열흘 동안 트럭을 타고 왔다고 했다. 캅카스에 사는 율랴도 모스크바까지 2주가 걸렸다고 한다. 그들은 공원 근처의 숙소에서 두 달 동안 거주하면서 여름내 수확한 꿀들을 내다 팔았다.

매년 신선한 꿀을 사기 위해 가을이면 어김없이 콜로멘스코예 공원을 찾았다. 내 나름의 월동 준비였다. 꿀 시장에는 한국에서 볼 수 없는 신기한 꿀들이 많았다. 잣나무, 소나무, 생강나무, 유자나무, 보리수, 엉겅퀴 등 꽃에 따라 꿀의 종류도 수십 가지가 넘었다. 그 많은 꿀 중에서 캅카스와 알타이산을 주로 샀다. 캅카스산 보리수 꿀을 산 이유는 판매원의 얼굴이 해맑았기 때문이다. 그녀의 몸에서는 향수가 아니라 들꽃 향이 풍겼다. 율랴는 나무주걱으로 꿀을 퍼 올렸다가 다시 꿀통으로 떨어뜨리기를 반복했다. 행인들에

꿀 파는 여성

게 자신의 꿀이 좋다는 것을 보여주기 위해서다. 설탕이 첨가된 꿀은 방울이 지거나 뚝뚝 끊어져 흘러내리는데, 율랴가 선보이는 보리수꿀은 마치 황금색 비단을 잣는 것처럼 이어져 내렸다. 율랴는 단골이라며 남들보다 더 싸게 나에게 꿀을 팔았다.

알타이산을 선호한 이유는 다른 지역에서 볼 수 없는 소나무 꿀이 있었기 때문이다. 꿀에서 시베리아의 솔향기가 풍겼다. 꿀은 그 자체로도 솔잎차 역할을 했다. 겨울이면 티백에 든 유럽산 차 대신 소나무 꿀을 따뜻한 물에 타 마셨다.

꽃도 적고 개화 기간도 길지 않은데 러시아 꿀이 유명한 이유는 무엇일까. 꿀 한 방울 한 방울은 처절한 몸부림의 산물이었다. 시베리아 벌판은 십 개월 동안 눈이 쌓여 있다. 개화 기간이 길지 않아 꽃은 불꽃처럼 피어났다. 시베리아의 꽃은 가장 화려한 원색을 자랑했다. 벌들을 유혹하기 위해 진한 향을 품었다. 꿀을 따는 벌도 마찬가지다. 아열대지방의 벌은 언제든 꿀을 따먹을 수 있어 꿀을 모으지 않는 데 비해 시베리아의 벌은 긴 겨울 동안 굶어 죽지 않으려고 필사적으로 노동한다. 입에 단내가 나도록 야간작업을 하고, 위험한 벼랑 끝을 오르내린다. 목숨을 건 작업 끝에 만들어지는 꿀의 밀도가 높고 향이 진한 것은 당연한 것 아니겠는가.

겨울 동안 소나무 꿀을 먹으며 시베리아를 생각했다. 보리수 꿀을 먹을 때는 캅카스를 떠올렸다. 생강 꿀을 먹으며 천산을 떠올렸다. 꿀차를 마시는 동안은 겨울에도 온몸에 열기가 퍼져나갔다. 어둡던 겨울 들판의 한가운데 꽃이 피고, 새와 벌이 날았다. 러시아에서 지내는 동안 병원 한번 안 가고 무사히 보낼 수 있었던 것은 순전히 꿀 덕택이다.

겨울을 나는 동안 꿀과 함께 보드카도 많이 마셨다. 나는 애주가가 아니다. 하지만 오후 4시면 해가 지는 긴긴 밤에 술이라도 마시지 않으면 무슨 수로 적막을 견딜 수 있었겠는가. 러시아는 보드카의 나라다. 벨루가(Белуга), 스탄다르트(Стандарт), 베료즈까(Берёзка) 등등 보드카 종류만도 수십 가지가 넘는다. 보드카는 촘촘한 자작나무 숯으로 걸러 순도가 매우 높다. 설에 따르면 화학 주기율표를 만든 멘델레예프가 실험을 통해 인간에 가장 무해한 40도의 보드카를 만들었다고 한다.

비싼 양주도 있고, 유럽 산 맥주도 많지만 보드카만을 고집한 이유가 있었다. 무색, 무취, 무미의 담백함 때문이었다. 보드카에는 일체의 가식이 들어 있지 않았다. 맛도 향도 색도 없었다. 헛것들이 판을 치는 세상에 자기의 전부를 있는 그대로 보여주었다. 보드카는 차갑지만 불꽃을 간직하고 있었다. 보드카를 마시는 방법 중에 하나는 냉동실에 5시간 이상 얼린 다음 꺼내 마시는 것이다. 차가운 보드카가 목울대를 타고 심장 아래까지 내려가면 몸속에서는 불꽃이 일었다. 상승과 하강, 냉과 온을 동시에 느낄 수 있었다. 보드카 한 잔에는 인생에서 맛볼 수 있는 희로애락이 다 들어 있다고 볼 수 있다.

보드카를 마시고 나면 때가 묻었던 몸과 마음이 표백되는 것 같았다. 들끓던 욕망도 사라지고 마음이 차분해졌다. 보드카는 많이 마셔도 머리가 아프지 않았다. 아마도 깨끗한 성정 때문이 아닐까 싶

보드카

다. 보드카는 망각의 술이기도 했다. 보드카를 많이 마신 다음 날은 다시 태어나는 느낌이었다. 밀려들던 걱정들이 폭풍우에 밀려가고 머릿속 한켠에 발자국 하나 없는 모래밭이 새롭게 드러나곤 했다.

퇴근 후 작업복에 내려앉은 눈발을 털어내고 동네 선술집에서 마시는 노동자의 술. 사업에 실패한 가장이 폭설 속을 타박타박 걷다가 지하 바에 들러서 시켜놓은 투명한 보드카 한 잔. 객지를 떠돌던 혁명가가 가족도 동지도 떠나고 없는 고향에 돌아와 바라보는 빈 술병. 보드카의 투명한 액체는 세상과 싸우는 사나이들이 남몰래 흘리는 눈물일지 모른다.

야생화

1

사춘기를 건너 뛴
시베리아 꽃들은 입술이 붉다
칠팔월 눈 덮인 언덕 너머까지
향수를 날려보내고
햇살의 가는 손길에도 절정에 이른다
살 냄새를 맡아본 적이 없는
들꽃의 줄기 끝에 맺힌 꿀과 향
시베리아 꽃들은 눈이 깊다
머잖아 겨울이 올 것이라는
막차를 떠나보내는 듯한
심연이 깔려 있어

2

눈 내리는 유배지
벌들은 꽃가루통을 짊어지고
여름내 벼랑을 오르내렸지
알타이산 꿀에서 잣나무 향이 난다
시베리아 벌들은 일감이 적어
야간작업도 마다하지 않았으리라
최저생계비로 혹한을 견뎌야 하는
꿀벌들의 가족들은 무사할까
시베리아 꽃들의 짧은 청춘과
일벌들의 겨울밤에 대하여
노동에 대하여

꺼지지 않는 불꽃

눈발 속에서 타오르는 불꽃을 보신 적이 있는지요. 잣나무숲 속에서 누군가가 남기고 간 모닥불 위로 떨어지던 눈을 바라본 적이 있었지요. 사위어가던 잔불 위에 한두 방울 눈발이 닿을 때마다 타-다다-닥 화음을 만들며 불꽃이 일었지요. 눈이 내리는 날, 모닥불 위로 가만히 손을 내밀며 불과 물이 만드는 화음을 들어보세요. 눈과 불은 상극이지만 눈이 불을 살리고, 불은 눈꽃에 날개를 달아줍니다.

눈이 내리는 날이면 눈발 속 어딘가에서 타오르고 있을 불꽃이 어른거리곤 했다. 모스크바대학 인문관 앞, 알타이의 바르나울 광장,

블라디보스토크의 구형 잠수함 옆 등 러시아 전역에는 꺼지지 않는 불꽃이 있다. 폭설이 사나워질수록 베치나야 오곤(Вечный огонь 꺼지지 않은 불꽃)은 더 활활 타오를 것이다. 365일 꺼지지 않는 불꽃을 러시아인은 목숨을 걸고 지킨다. 전쟁의 아픈 상처를 기억하기 위해서다. 꺼지지 않는 불꽃이 특별한 이유는 영웅이 아니라 무명용사를 위한 불꽃이기 때문이다.

러시아는 전사의 나라다. 2차 세계대전 중 인구의 18퍼센트인 2,600만 명이 목숨을 잃었다. 미국이 독일과 싸워 2차 세계대전을 끝낸 것으로 착각하지만 베를린을 함락시키고 가장 많은 피해를 입은 나라가 러시아였다. 가정마다 아버지나 아들, 혹은 남편을 떠나보내야 했던 기막힌 전쟁의 사연을 안고 있다. 심지어 바이칼호수 한가운데의 알혼섬에도 2차 세계대전 때 세워진 모자상이 서 있다. 내 키보다 더 큰 모자상의 어머니는 전선으로 떠나는 아들을 꼭 안아주고 있다. 서부전선을 방어하기 위해 5천 킬로미터 떨어진 시베리아 한복판에서 소년을 징집해 이동시킨 것이다.

전쟁에는 여성도 예외가 될 수 없었다. 노벨문학상을 받은 스베틀라나는 『전쟁은 여자의 얼굴을 하지 않는다』는 소설에서 여성이 겪어야 했던 전쟁의 참혹상을 그렸다. 남자가 떠난 마을을 지키다

꺼지지 않는 불꽃(크렘린)

전투원이 부족하면 여성도 전사가 되어 떠나야 했다. 열일곱 꽃다운 나이에 전선에 나가 저격병, 통신병, 간호병으로 사지를 오갔다. 가장 치열했던 스탈린그라드Stalingrad 전투를 앞두고 소녀병사는 무엇을 떠올렸을까. 고향에 남기고 온 어머니의 얼굴, 친구들과 놀던 뒷동산. 열일곱 소녀는 짧게 잘린 머리칼을 매만지며 전쟁이 끝나면 사랑할 것이라는 꿈을 꾸었을지 모른다. 첫 키스의 추억마저 없는 소녀를 기다리며 어머니는 기차가 올 때마다 역으로 달려나가곤 했을 것이다.

그런데 여류시인 안나 아흐마토바는 지옥과도 같았던 2차 세계대전 때를 좋았던 시절이라고 회고했다. 왜 그랬을까. 생의 고귀함과 인간의 가치를 느낄 수 있었던 시절이었다고 한다. 굶주림 속에서 이웃이 쓰러져갔지만 싸워야 할 적이 분명했고, 적을 향해 모두가 하나가 될 수 있었던 시기였다고 말했다.

소련인은 내일을 기약할 수 없는 상황에서도 인간의 가치를 지키고자 노력했다. 죽음의 목전에서 동료의 생사를 걱정했다. 아사의 기로에서도 아이와 여자를 먼저 챙겼다. 장장 871일 동안 이어진 레닌그라드 봉쇄 기간에도 콘서트는 열리고 쿠폰 형태로 음악회 티켓은 팔렸다. 절망에 빠진 시민을 위해 연주자는 혼신을 다해 하모니를 만들어 냈다. 내일이면 불타 없어질지 모르지만 화가는 캔버스 위에 정교성당과 자작나무를 그렸다.

냉전시대에는 적이 뚜렷했다. 독재시대에는 민주화 깃발 아래 하나가 될 수 있었다. 하지만 지금은 어디에 서야 할지 잘 모른다고 말한다. 우리 시대의 적은 누구인가. 냉전이 붕괴되고 파시스트가 사라져버린 시대, 적은 바로 이웃이고 동료이며 자기 자신일지 모른다. 자본주의의 무한경쟁은 외부와의 전쟁보다 내부와의 전투를 강요하고 있다. 인본의 시대는 끝났다. 총알 대신 돈다발을 들고 전쟁하는 자본의 시대가 왔다. 자본이 난무하는 전선으로 소총 대신 핸드폰을 들고 출퇴근하는 삶이다.

지상의 불꽃도 인상적이지만 러시아의 대도시는 빛으로도 유명하다. 러시아는 동토의 이미지와 다르게 빛의 나라다. 신은 공평하게도 가장 추운 나라에 가장 많은 화석연료를 주었다. 시베리아 동토 아래서는 수천 년 묵은 나무들이 석유 석탄 가스가 되었다. 러시아가 유럽에 가스를 공급하지 않으면 유럽은 어둠의 세계로 변하고 만다. 가스가 부족한 유럽의 밤길은 가로등을 켜지 않아 대체로 어두운 데 비해 러시아의 밤길은 빛으로 넘쳐난다. 유럽은 낮에 보아야 멋있지만 러시아는 밤에 도시의 실체가 드러난다.

야경이 가장 화려한 1월 1일, 불꽃 축제를 보기 위해 차를 몰고 거리로 나선 적이 있었다. 붉은 광장으로 가는 트베르스카야 Tverskaya 거리에는 새해를 맞이하는 인파로 인산인해를 이루었다. 레닌스키대로로 이어진 다리 위에는 휘황찬란한 삼색 국기, 새해를 축하하는 형형색색의 트리가 장식되어 있었다. 화려한 불꽃놀이와 시민들의 함성, 하지만 그 속에는 내가 찾는 러시아의 빛이 들어 있지 않았다. 대낮처럼 밝은 붉은 광장으로 가는 길을 포기하고 차를 돌려 외곽으로 빠져 나왔다. 성긴 눈발이 휘날리기 시작했다. 검은 아스팔트가 일순간에 싸락눈으로 뒤덮였다. 새벽 1시, 신호등 앞에 정차하고 있는데 트램 한 대가 라이트를 켠 채 누에처럼 다가왔다. 손님은 보이지 않았다. 서서히 모퉁이를 돌아가는 트램이 지나간 한 해의 뒷모습처럼 보였다.

모스크바 시내를 벗어나자 비로소 어둠이 보이기 시작했다. 가로등, 주유소, 편의점, 발전소의 불빛이 사라져버린 공간. 어둠은 흑경, 하나의 검은 거울이었다. 어둠의 거울 속에서 내가 걸어온 길이 보였다. 시간이 좀 지나자 내가 걸어갈 길도 어렴풋이 보이는

모스크바 야경

것 같았다. 고요 속의 어둠이 무섭지 않았다. 모든 것을 받아들이고 용서하는 어머니의 품처럼 따스했다. 지상의 모든 색을 더하면 검은 색이 된다고 했던가. 어둠 속으로 더 깊이 들어가 보았다. 벌판 끝에서 어둠이 밝게 드러나 보이기 시작했다. 분명 깊은 어둠 속에는 빛의 원석이 숨어 있었다.

어둠 속으로

어둠이 그립다
빛 하나 섞이지 않은 어둠
두 겹의 커튼을 길게 드리워도
침실 가득 스며드는 불빛

잠들지 못하는 세상
어둠을 만나러
알래스카로 갈까 시베리아로 갈까
빛을 좇아 빛을 따라서
날갯짓하며 살아온 나날들

어둠이 그립다
탕아처럼 세상을 떠돌다
맨발로 돌아온 나를
두 팔 벌려 안아줄 어둠

어둠 어둠 속으로 들어가면
내 얼굴을 환히 비춰줄
원석의 어둠을 만날 수 있을까

어둠을 보러 가야겠다
편의점 지나 주유소 지나
별도 달도 뜨지 않는 곳으로

겨울을 건너는 법

겨울이 두려운 것은 추위 때문이 아니었다. 누군가의 부재 때문도 아니었다. 어둠은 입을 커다랗게 벌린 채 포유동물처럼 다가왔다. 시월이 지나고 진눈깨비가 내리기 시작하면 어둠이 몸 속에서 차오르는 것이 느껴졌다. 답답함을 달래기 위해 집안 가득 촛불을 밝혀놓기도 했다. 조지 윈스턴의 〈디셈버〉라는 피아노곡을 틀어놓고 어둠을 집 밖으로 몰아내려고 애써보았다. 어둠의 수위는 좀처럼 낮아지지 않았다.

오전 열 시 넘어 동이 트고 네 시가 되면 땅거미가 지기 시작했다. 빛을 보지 못한 날들이 보름 동안 이어졌다. 안나 아흐마토바의

"태양의 기억이 흐려져간다."는 시구는 저절로 나온 것이 아니었다. 어둠에 지친 자들은 우울증을 앓다가 고향으로 돌아갔다는 소식이 들렸다. 오랫동안 햇볕을 보지 못해 비타민D 부족으로 살에서 곰팡이가 피어나는 듯했다. 봄이 올 때까지 잘 견뎌낼 수 있을지 걱정이 앞섰다. 강 건너 승마장의 불빛, 철교를 건너는 기차의 헤드라이트, 희미한 별빛에 두 눈이 빠르게 반응했지만 어둠을 이기기에는 턱없이 부족했다.

동지가 지나고 새해가 왔어도 어둠은 물러갈 기세를 보이지 않았다. 어둠이 턱밑까지 차올라 숨이 막혀올 때 비로소 어둠을 이길 수 없다는 것을 알았다. 처음부터 어둠과 싸우는 게 아니었다. 살아남기 위해서는 어둠과 친해질 수밖에 없었다. 가슴을 짓누르는 어둠이 두려웠지만 스톡홀름 증후군을 앓는 사람처럼 받아들여야만 했다. 어둠과 친해지기 위해 등불을 켜지 않고 우두커니 앉아 있을 때도 있었다. 어둠의 중심을 한참 동안 보고 있으면 어둠 가운데서 빛이 새어 나왔다. 어둠을 밝히는 것은 빛이 아니라 어둠 그 자체였다. 어둠 속 어딘가에 빛의 요정이 살고 있음이 분명했다.

겨울을 건너는 동안 다섯 가지의 하얀 빛을 사랑했다. 새하얀 눈. 1월이 되면서 눈이 더 자주 내렸다. 성당의 종탑 위에도 전나무 가지 위에도 트램이 지나는 철길 가에도 눈이 쌓였다. 어둠의 세상이 아니라 눈의 세상으로 뒤바뀌고 있었다. 태양의 붉은 빛이 없어도 세상은 눈으로 밝게 빛났다. 순결한 빛이 쌓이고 쌓여 견고한 어둠의 성을 무너뜨렸다.

자작나무. 자작나무는 동네 어느 곳에서나 볼 수 있었다. 자작나무 껍질에서 하얀 빛이 새어 나왔다. 빛은 뮤즈처럼 날아 어둠의 속살 깊이 파고들었다. 외로운 사람에게 자작나무는 이야기를 들어주는 친구가 되어주기도 했다. 꿈속에서 자작나무를 품고 하룻밤을 자고 나면 겨울 하늘에 별이 떠오르는 듯했다.

순백의 여인. 러시아는 여인의 나라다. 똑똑한 남자는 혁명기에, 용감한 남자는 전쟁 때 다 죽어 쓸 만한 남자가 없다고 한다. 순결한 여인이 없었다면 러시아는 저주받은 땅이었을지 모른다. 겨울날 샤프카를 쓰고 트램을 기다리거나 꽃을 사들고 퇴근하는 여인을 보고 있으면 생의 기운이 느껴졌다.

투명한 보드카. 퇴근 후 냉동고 속에서 얼려진 보드카를 마시다 보면 일주일이 금세 지나갔다. 저기압을 이기기 위해서는 못 마시는 술이라도 필요했다. 기온이 영하 20도 근처를 오락가락할 때, 사는 게 무엇인지 답이 보이지 않을 때, 보드카로 가슴에 불을 질렀다. 술에 취해 어둠을 바라보면 마음 깊은 곳에서 맑은 눈물이 샘솟기도 했다.

백야의 추억. 지난 여름 석양이 물들던 지평선을 바라보면 머지않아 다시 봄이 올 것 같은 예감이 들었다. 백야를 배경으로 입을 맞추던 연인들, 백야의 강을 따라 남부로 내려가던 여객선, 잉크를 풀어놓은 듯 푸른 안개에 잠겨 있던 강, 모두 겨울의 화폭 위에 옮겨놓고 싶은 그림이었다.

겨울 아침(1. 16. 08시)

겨울을 견디는 데 이들 다섯 가지 빛도 소중했지만 가장 좋은 방법은 사랑에 눈이 멀어버리는 것이었다. 사랑하게 되면 가슴에 열이 오르고, 계절을 느낄 틈도 없이 겨울이 지나가곤 했다. 러시아인의 사랑은 내일을 모르는 사랑이다. 북국에서 긴 겨울을 나려면 누군가를 그리워하거나 짝사랑하거나 뜨겁게 끌어안아야 했다.

어둠에 익숙해질 때쯤이면 새봄이 찾아오곤 했다. 밖에는 아직 눈발이 날리는데 러시아인은 일찍부터 봄맞이 축제를 시작했다. 태양의 축제라고 하는 마슬레니차Maslenitsa는 겨울을 떠나보내고 봄을

마슬레니차 축제

부르는 축제였다. 마슬레니차를 위해 마지막 남은 치마까지 판다는 속담이 있을 정도로 놀고 마시며 축제를 벌였다. 금욕을 해야 하는 사순절을 앞두고 실컷 먹어두자는 뜻도 담겨 있으리라. 마슬레니차 축제가 실감나게 표현된 영화가 있다. 1999년에 상영된 〈러브 오브 시베리아〉다. 러시아의 미할코프 감독이 연출하고 미국 배우인 줄리아 아몬드와 러시아 배우인 올렉 멘시코프가 열연한 영화다. 영화 포스터에 "이 거대한 사랑을 감당할 수 있겠는가."라는 카피가 있었다. 미할코프 감독은 팬케이크 먹기, 집시의 춤, 집단 패싸움 등 마슬레니차 축제를 보여주는 데 긴 시간을 할애했다.

블린을 굽는 여인

삼월 첫 주, 마슬레니차 축제가 열리는 고리키 공원에 갔었다. 여인들은 태양 모양의 블린(Блин 팬케이크)을 굽고, 허수아비가 세워진 광장에서 아이들은 썰매를 타고 있었다. 블린을 먹어야 일 년 내내 건강하고 추위도 이길 수 있다고 한다. 그들의 눈가에는 겨울과 잔인한 전투를 벌인 흔적이 가득했다. 하지만 입가에는 머지않아 봄이 오리라는 희망의 엷은 미소도 보였다.

마슬레니차 축제가 끝나고 나면 겨울과 맞서 싸우던 전사들이 하나둘씩 돌아오기 시작했다. 숲에도 노변에도 풀잎들이 잔설을 뚫고 돋아나기 시작했다. 여기저기서 고개를 내미는 여린 생명을 볼 때마다 사람만이 겨울을 견딘 것이 아니라는 걸 느낄 수 있었다. 동산의 사과나무, 강변의 버들개지, 주차장의 민들레까지 살아 있는 것들은 동난을 함께 겪은 동지들이었다.

〈돌아온 탕아〉

에르미타주 박물관 2층에 걸려 있던 렘브란트의 〈돌아온 탕아〉처럼 계절은 어둠 속을 헤매다 맨발로 돌아온 봄을 괜찮다 괜찮다 하면서 쓰다듬어 주는 것 같았다.

겨울을 건너는 법

운하의 수문이 닫히고 이제 볼가강으로 가는 여객선은 오지 않는다 몇 밤 지나면 앞강에 살얼음 얼고 수문 아래서 자맥질하던 청둥오리들은 날아가고 없을 것이다 시월이 오면 하늘보다 몸이 먼저 어두워진다

혹한은 두려운 게 아니다 한 줌의 쌀보다 더 귀한 햇살 며칠째 해가 보이지 않을 때는 스타벅스에 앉아 소녀들의 창백한 얼굴을 보았다 밤이 한 계절보다 길게 느껴질 때는 백야를 떠올렸고 보드카로 가슴속에 불을 질렀다 북풍이 몰아칠 때는 자작나무의 빈 가지를 보았고 폭설이 내리는 밤에는 촛불처럼 나도 타올랐다

그렇게 한 계절을 보내고 나면 나는 겨울보다 어두워져 몸속으로는 하얀 피가 흘렀다 긴 어둠의 봉쇄가 끝나고 닫혔던 수문이 열리기 시작할 때 살아 있다고 나도 살아 있다고 여기저기서 고개를 내밀던 풀꽃들

에필로그

이별 연습

내가 본 빛 중 가장 찬란했다. 빛은 영하 22도의 겨울날 새벽에 찾아왔다. 봄까지는 갈 길이 멀었는데, 두려워하지 말라는 듯 하늘은 환한 얼굴을 보여주었다. 잔인한 아름다움이었다. 어둠의 생살을 찢고 태어나는 빛. 시린 하늘 아래 지평선은 칼날처럼 누워 있었다. 그 칼날 위에서 핏방울이 점점 퍼지는 듯했다. 백야의 빛이 파스텔톤의 몽환적인 환희라면, 흑야의 빛은 크레파스톤의 명징한 슬픔이다. 떠오르는 해를 눈이 아니라 가슴으로 바라보았다. 뭉클한 느낌이 올라왔다. 지난 밤 누군가는 울음으로 날을 지샜고, 누군가는 뜬 눈으로 환희의 밤을 보냈으리라. 새벽에 찾아온 빛은 죽음의 탄생이자 삶의 죽음이었다. 발전소에서 내뿜는 연기가 느리게 하늘로 올라가고 있었다. 모스크바강 너머 가로등 빛이 하나둘씩 꺼지기 시작했다.

가족을 서울로 보내고 크라운플라자 2153호에 둥지를 틀었다. 해가 뜨는 날이 드문 나라에서 해를 보기 위해 일부러 동쪽으로 난 방을 구했다. 혼자서 자작나무와 삼나무와 눈과 눈보다 더 착한 사람들의 얼굴을 떠올리고 싶었다. 이별에도 연습이 필요했다. 잊기 위해서는 시간이 필요했다. 러시아로 오는 것이 선택이었다면 돌아가는 것은 필연이었다. 사랑이 선택이더라도 이별은 필연인 것과 마찬가지다. 어차피 우리는 이별하기 위해서 살아갈 뿐이다.

반복되는데도 이별은 늘 새롭다. 비슷한 이별은 없다. 다행히 러시아의 어려운 경제가 동심원 밖으로 나를 내몰고 있었다. 루블화의 폭락으로 경제는 점점 더 어려워져갔다. 함께 일하던 직원들을 내 손으로 내보내야 했다. 지하철 입구에 성호를 긋고 구걸하는 할머니들이 자주 눈에 띄었다. 사업은 잘 해야 본전이라는 말이 떠돌았다. 우울한 일들의 연속이었다.

한 곳에서 4년여를 살았다면 알 만큼 알고 느낄 만큼 느낀 것 아닌가. 그런데 나는 한 발짝도 안으로 들어가지 못한 채 문 밖에서

서성거렸던 것 같다. 겨울의 어둠도 되지 못하고, 여름의 빛도 되지 못했다. 거대한 평원 위에서 길을 잃고 왔던 자리를 맴돌았던 것 같다. 러시아는 거대하여 알려고 하면 할수록, 애정을 가지면 가질수록 절망을 안겨주었다.

어떻게 이별할 것인가. 이제 자작나무가 없는 곳으로 돌아간다. 겨울이면 햇살이 따사로운 곳으로 간다. 가족과 친구들이 기다리고 있는 곳으로 간다. 이별을 어떻게 말할 것인가. 돌아온다고 해야 하는가. 영원히 떠난다고 말해야 할까. 여름이면 맥주잔 위에 곱게 잠기던 백야, 겨울날 외로움을 달래주던 자작나무, 멀리서 보아도 위로가 되던 성당, 가슴팍에 조용히 스며들던 눈발, 얼음장을 뚫고 나오던 수국, 주말마다 빛 좋은 과일을 골라주던 굴랴, 흑백의 아름다움을 간직한 샤샤, 어떻게 이별을 말해야 하는가.

모스크바를 떠나기 전에 유라시아대륙의 끝을 보고 싶었다. 포르투갈의 수도 리스본을 거쳐 서쪽 땅 끝인 호카Roca곶으로 갔다. 절벽 아래 부서지는 포말을 보면서 대륙의 동쪽 끝 블라디보스토크의 루스키Russky섬에서 보았던 파도를 떠올렸다. 태평양의 파도는 거대한 물보라를 일으키며 대륙을 삼킬 듯 울부짖었다. 대서양의 파도는 태평양의 파도와는 달리 속울음을 삼키듯 잔잔했다. 그

파도 위에 돛배들이 점점이 떠 있었다. 돛배들은 어디로 떠나가는 것일까. 대서양을 향해 열린 포르투갈의 해안은 이별의 곡조였다. 골목마다 이별의 아픔을 노래하는 파두가 흘러나왔다. 아말리아 로드리게스의 가슴을 찢는 듯한 노래 〈검은 돛배〉가 가슴을 훑고 지나갔다. 나도 바다를 건너는 당신들처럼 그리운 것들을 두고 이별해야 한다. 가슴 속에 점점이 박혀 있는 기억의 편린들. 돌아보니 러시아에서 내가 준 것보다 받은 것이 더 많았다. 러시아의 혹독한 자연은 이방인을 따스하게 안아주었고 사람들은 진심으로 대해주었다. 내 사는 곳에 해가 뜰 때 그대들은 잠자리에 들 것이다. 세 줄의 발랄라이카 소리, 밤새 타는 촛불로도 그리움의 거리를 다 채울 수는 없으리라. 그리운 것들이 떠나가면 한동안 아플 것이다. 그리운 것들을 떠나면 먹먹해질 것이다. 떠나지 않는, 떠날 수도 없는 이별들이여…….